Helmut Dröws

Aphorismen von Helmut Dröws 2016

Herstellung und Verlag:
BoD - Books on Demand, Norderstedt

ISBN 978-3-7431-3199-6

Ich möchte gern was schreiben,
das ewig könnte bleiben;
denn alles andre Treiben
will nur die Zeit vertreiben.

Ich möchte gern was lieben,
das ewig ist geblieben;
denn in den andern Trieben
wird nur die Lieb vertrieben.

Ich möchte gern mein Leben
zu Ewigem erheben;
denn alles andre Streben
ist in den Tod gegeben.

Drum schreib ich einen Namen,
drum lieb ich einen Namen
und leb in einem Namen,
der Jesus heißt – sprich Amen.

Clemens Brentano

Bild „Betender Knabe am Wegkreuz" von Marie Ellenrieder (1791-1863)

Wir müssen das Gute in uns stark machen, damit das Ungute **keinen Raum** in uns hat.

Stolz ist der, der nur sich selber kennt.

Der Stolze ist **bald einsam**, weil er nur sich selber kennt.

Der Demütige fragt immer, was kann ich tun, um niemanden zu verletzen.

Ein Demütiger ist immer versöhnlich in seinem Herzen.

Wer liebt, ist niemals allein.

Wer liebt, kennt auch seinen Nächsten.

Wer ist denn mein Nächster? Wenn ich bereit bin meinem Nächsten zu helfen, **weiß ich auch, wer mein Nächster ist.**

Überprüfen wir uns **jeden Tag,** ob wir noch auf rechtem Weg sind, um unser Lebensziel zu erreichen.

Unser Lebensziel ist es ein glücklicher Mensch zu sein.

Um glücklich zu sein, müssen wir **friedfertig** sein.

Frieden im Herzen zu haben heißt einfach nur **demütig** zu sein.

Wer klug sein will, **muss lernen.**

Wer lernt, kann klug werden, aber **vielleicht** sogar auch weise.

Viel können wir im Leben lernen, um aber das Leben zu verstehen, bedarf es eines **gütigen** Herzens.

Der Verstand sagt uns, wie alles zusammenhängt, **aber ohne unser Herz** können wir die Wahrheit nicht finden.

Wenn wir nur unseren Verstand gebrauchen, **ohne unser Herz** zu fragen, sind wir Jenseits von Eden.

Ein gutes Herz, weiß immer zu lieben.

Ein gutes Herz ist immer versöhnlich mit seinem Nächsten.

Ein gutes Herz kennt keinen Streit.

Gott lehrt uns nicht, wie man einen Streit zu führen hat, sondern, **wie man ihn beenden kann.**

Bemühen wir uns um ein gutes Herz, **dann haben wir ein gutes Leben.**

Nur gute Herzen können friedlich miteinander leben, denn Frieden braucht die Welt.

Ein guter Tag, beginnt mit einem guten Herzen.

Seinen Nächsten zu lieben ist das erste Gebot! Nur so entsteht Frieden in unserer Welt. **Geben wir unser Bestes!**

Wunschlos glücklich können wir sein, wenn wir an die unerfüllten Wünsche einen Haken machen.

Der Stein der Weisen ist der, der nicht geworfen wird.

Wer nur sich selber hört und nur sich selber sieht, sich selbst zu wichtig nimmt, **riskiert den Frieden!**

Wer andere kränkt und klein macht,
beginnt den Frieden zu zerstören.

Was uns in unserem Leben begegnet, wird auch immer von uns **beurteilt.**

Niemand soll an unserem Verhalten Anstoß nehmen können.

Worte sind ein Spiegelbild der Gedanken des Herzens.

Der unüberbietbare Höhepunkt **aller Offenbarung** ist die Menschwerdung in Jesus.

Ich mache doch gern einen Krankenbesuch, bevor ich selber krank bin und auf Besuch warte.

Ohne Ostern, ohne die Auferstehung Jesu macht Kirche, macht christlicher Glaube keinen Sinn.

Wir werden so wie die Menschen, mit denen wir unser Leben teilen.

Man wird so wie die Leute mit denen wir Zeit verbringen.

Wem möchten wir ähnlich werden? Finden wir es heraus und verbringen wir unsere Zeit mit ihnen.

Werden wir ein solcher Freund wie wir uns gern einen Freund vorstellen.

Wir müssen zuhören, uns in den anderen hineinversetzen, wenn wir ein guter Freund sein wollen.

Wir müssen stets daran arbeiten besser zu werden.

Beständigkeit ist das Fundament für einen erfolgreichen und guten Weg!

Jeder Mensch strahlt etwas aus. Was in uns ist, wird nach außen getragen, **so dass alle es sehen können.**

Oft hören wir: Ich habe keine Zeit! **Wer liebt, der hat auch Zeit.**

Wer Geld besitzt, denkt ständig darüber nach, was er tun kann, um es zu vermehren oder vor Diebstahl zu beschützen.

Wer einmal damit begonnen hat, sein Geld zu vermehren, belastet sich mit nicht enden wollenden Sorgen, und sein **ganzer Seelenfrieden** ist dahin.

Es braucht und soll einem Menschen nicht zugemutet werden einen großen Teil seines Geldes zu verschenken, aber er sollte sich bemühen, **nicht geizig** zu sein.

O glücklich,

Wem in Kindertagen,

ein warmes Mutterherz geschlagen,

wem aus dem ewig treuen Munde

von echter Liebe kam die Kunde.

Wer Dich auch liebt,, o glaube mir,

kein Mensch es meint so gut mit Dir.

Drum halt ihr Wort in fester Hut,

es macht das Herz Dir rein und gut.

Und hellt das Aug und stärkt die Hand

und wandert mit von Land zu Land.

Wie dann das Leben Dich bekriegt,

ein Zauber Dir im Herzen liegt.

Otto von Leigner

Wer niedrige Zinsen für ein Darlehen fordert, dessen Handlungsweise werden die Armen loben, und sie werden ihm dankbar sein.

Lob und Dank der Armen zu hören, macht ebenso glücklich wie der Besitz von zwei wertvollen Oldtimern.

Wie ist doch die Welt so merkwürdig geworden, wenn ich sie betrachte. Nur die Natur hat noch ihren innigen Blick, der verändert sich nicht!

Jahre und Tage vergehen und sind für immer gegangen. Aber **ein schöner Moment** bleibt ein Leben lang leuchtend in uns zurück.

Ein gutes Werk muss man mit Ernst betreiben. Soll es gelingen, so schaffen wir die Trägheit ab und nehmen Mut und

Klugheit zum gelingen, **da wird es Glück, das können wir erleben.**

Wenn wir das Gute begehren, sollten wir es uns auch zu Eigen machen, **dann werden wir glücklich sein.**

Das kurze Leben fließt dahin unter Irrtümern, auch wenn man ständig um eine richtige Auffassung ringt, solange man **ohne festes Ziel und ohne Wahrheit** lebt.

Über das Leben wird nur selten richtig nachgedacht. Würden wir denken, wir könnten`s begreifen und uns von allen Irrtümern befreien.

Ich finde, wenn ich mein Leben betrachte, dass ich die glücklichsten Stunden meines Lebens **den Büchern** verdanke.

Wer Bücher hat ist nie allein. Sie sind die beste Gesellschaft, die man haben kann auf Erden.

Geben wir uns Mühe, das was uns wichtig und richtig war, in unsere Gegenwart zurückzuführen. **Sonst geht es für immer verloren.**

Wenn man`s gut hat, hätt` man`s gerne **noch besser.**

Viele große Freuden achten wir nicht, nur weil wir nach noch größeren Ausschau halten. Die kleinen Freuden aber zu unseren Füßen, **sehen wir nicht.**

Die Freude des Gebens besteht nicht darin, Dank zu erwarten, sondern die Freude allein **ist das Geben.**

Die Ruhe ist ein großes Glück. Man braucht ein Plätzchen, das man sein Eigen nennen darf.

Wir müssen zuhören, nachdenken und handeln. Wir müssen das tun, was wir in der Welt verändert sehen wollen.

Vergib ihnen, denn sie wissen nicht was sie tun. Ein großes Wort. Das Schlimme ist: **„Wir tun nicht, was wir wissen!"**

Unser Seelenfrieden ist für unsere Gesundheit überaus wichtig. Zorn, Hass und Angst fressen unser Immunsystem auf.

Die Kunst des Lebens besteht mit offenem Blick das Wunderbare zu sehen und zu verinnerlichen.

An unserem Leben muss unsere Umwelt sehen und spüren, was es heißt **ein Christ** zu sein.

Wir müssen unsere Augen und Hände öffnen, um **die Not** eines Menschen zu erkennen und ihm zu helfen.

Was wir im Frühling zu sehen bekommen, ist an Schönheit nicht zu überbieten. Es blühen die Blumen, es blühen die Bäume und alles Schöne der Natur können wir bewundern. **All das macht keinen Lärm.** Still zieht Gottes Wille über diese Erde.

Wenn ich die Schönheit der Natur betrachte, dann denke ich: „Hätte nie gedacht, **dass ich so nah dem Himmel bin.**"

Wenn ich das Glück in der Natur nun so betrachte, dann denke ich, es will mir nur

Gutes schenken und mir bleibt nur **ein Danke an den Geber meines Glücks!"**

Das Glücklichsein kommt vom Erkennen und Empfinden und darum muss man **kämpfen.**

Unser Glück besteht nicht darin, alle unsere Wünsche erfüllt zu bekommen, sondern das wir noch von unerfüllten Wünschen **träumen** können, um dann an deren Erfüllung arbeiten zu können.

Die Freundschaft ist der größte Reichtum unseres Lebens, der zu unserem Glück beiträgt.

Durch Mitgefühl und Teilnahme veredelt die Freundschaft unser Glück.

Wenn Freundschaft uns im Leben fehlt, ist`s so als fehlte uns die Sonne.

Alle wollen einen Freund, aber so einen, wie sie selbst nicht sein können.

Wer sich der Wahrheit so verschließt, dass er sie nicht einmal von seinen Freunden hören will und hören kann, dem kann man **leider nicht mehr helfen.**

Das Glück muss man wahrnehmen, wenn es der Herrgott uns schickt, denn es währt **nur einen Augenblick.**

In der Erkenntnis unseres Selbst, liegt das Geheimnis des Glücks.

Nach vielem Suchen werden wir erkennen, das Glück nicht im Vergnügen besteht. Es ist die Ruhe und Seligkeit, des Zustands des Friedens und der Freude, in unserem Herzen, wenn wir sagen können: **„Ich habe getan, was ich konnte!"**

Halte nur dich selber fest. Das Schicksal und das Leben, kannst auch du mit deinem Tun bewegen und **höre,** was es dir zu sagen hat.

Des Gärtners Glück währt immer und jeden Tag, weil sein Fleiß dem Schöpfer gefällt, so dass zu seinem Tun die Sonne strahlt und der Regen fällt sowie auch der Wind das seine tut.

O Blumengarten! Mein Auge weidet sich an deiner Schönheit Glanz. Selig schreibe ich nieder, was ich fühle: „Ich danke deiner Schönheit, deinen Blüten!"

Ein guter Mensch ist auch ein glücklicher Mensch.

Man muss auf **alles** warten können, insbesondere auf das Glück!

Oft ist es nicht das Glück, was uns fehlt, sondern **das Wissen um das Glück.**

Das Wissen um das **kleinste** Glück, trägt vielmehr zu unserer Glückseligkeit bei, als das größte Glück, das wir so gern übersehen.

Ich lobe das Leise! Alles Laute will beweisen, aber alles Leise will **versöhnen.**

Es gibt genug für alle! Für alle scheint die Sonne, für alle wächst das Brot!
Hätten wir nur Liebe für alle.

Zu erkennen, wo wir dem Zeitgeist hinterherlaufen oder wo wir den Grund unseres Glaubens schon verlassen haben, **ist nicht immer leicht.**

Unser Reden und Tun muss **von Liebe** bestimmt sein! Ohne sie ist alles nichts. Sie lässt uns den Menschen neben uns wahrnehmen. Wir können alles klar benennen, aber **nicht verletzen.** Sie lässt uns andere Meinungen ernst nehmen. Das alles aber ist anstrengend. **Geben wir uns Mühe.**

Die Einhaltung der 10 Gebote ist doch deshalb so wichtig, weil davon das Leben in der Welt ein ganzes Stück besser wäre. Weil wir es aber nicht schaffen die Gebote einzuhalten, heißt das noch lange nicht, dass wir sie einfach ablegen und beiseite tun können. Von ihnen hängt schon ein gutes Zusammenleben auf Erden ab, aber nicht das ewige Leben. **Dieses wird uns nur gegeben, wenn wir Christus vertrauen und ihm nachfolgen.**

Lerne auch du aus der Fülle zu geben, wie auch du aus der Fülle umsonst empfangen hast.

Mensch, willst Du,

dass die Tränen Dir versiegen,

und es heiter werde

in Deinem Gemüt, so

musst Du Deine Augen

nicht an den Schoß

der Erde drücken,

Du musst sie aufwärts

kehren.

     Jeremias Gotthelf

Es gibt zwei Möglichkeiten mit Schmerz umzugehen. Man kann den Schmerz ignorieren oder ihn heilen. Durch heilen beseitigen wir den Schmerz und **das muss unser Ziel sein.**

Wie können wir mit unserer Einsamkeit und Verzweiflung umgehen? Wir möchten der Einsamkeit entfliehen und vor der Verzweiflung wegrennen, den Schmerz verdrängen. Wir können uns aber der Einsamkeit, Verzweiflung und dem Schmerz stellen und dies alles annehmen. Wir werden erleben, dass wir das alles dann überwinden und unter unsere Füße bekommen können. Selbst als wir dachten, wir sind ganz alleine mit all diesen Sachen, **war Gott die ganze Zeit bei uns.**

Weil Christus in uns lebt überwinden wir jeden Schmerz, halten wir jedem Sturm stand. Er allein macht uns stark in allen Leiden!

Es gibt kein Leid, keinen Schmerz im Reich Gottes, das **für immer und ewig** Bestand hat.

Ich habe **nie** einen Sturm gesehen, der für immer anhält.

Warmherzigkeit ist eine menschliche Eigenschaft. Machen wir sie in uns stark und groß.

Die Welt wird sich ständig ändern, aber das Wort Gottes bleibt bestehen. Wir müssen uns für **diese** Wahrheit einsetzen und leben.

Arm ist, wem es an etwas mangelt. Fehlt uns Geld, so ist das schlimm. Wir können uns kein Brot kaufen und das ist furchtbar.

Mangel an Liebe aber drückt die Seele nieder!

Keine Geduld haben und nicht beständig sein ist Armut. Ungeduld hält Reife und Vollendung auf. Der Mangel an Dankbarkeit vereitelt, ja tötet Freude am Seligsein. Der Mangel an Vertrauen bringt den Glauben um seine Frucht. **Geduld aber stattet uns mit Würde aus.**

Der Mangel an Wahrheit bringt Unklarheit und führt in Irrtümer und Fehltritte.

Der Mangel an Gottesfurcht und Demut führt zu Selbstüberschätzung und verhindert die Gnade Gottes zu empfangen.

Wir sollten **die Wege Gottes erkennen**, die mit Wahrheit, Vertrauen, Geduld, Freude, Gottesfurcht und Demut gekennzeichnet sind.

Heute heißt es: „Alle haben recht!" Aber schon dieser Gedanke zeigt wie widersinnig es ist, so etwas zu behaupten.

Gerechtigkeit herrscht da, wo man bereit ist, der Wahrheit die Ehre zu geben!

Wenn zwei verschiedene Meinungen aufeinanderstoßen, dann kann nur **einer** recht haben, **aber nicht beide.**

Unser menschliches Rechtsverständnis geht oft sogar soweit, dass wir Gott häufig sein Rechtsverhalten absprechen.

Wir kommen zu Gott und bringen ihm unseren Dank. Aber was ist das für ein Dank, wenn wir dem Geber aller Dinge **den schuldigen Gehorsam** verweigern?

Gerecht ist nicht der Mensch, der sich durchsetzt, sondern der ist gerecht, der den schwachen stützt, den Gefallenen aufrichtet, dem Verzweifelten hilft, der gern gibt und vergibt.

Halten wir vom Guten, das es dem Nächsten zu bereiten gilt, **nie etwas für zu klein:** einen Gedanken ein Gebet, Herzenswärme, Nahesein, ein gutes Wort, einen Brief, eine helfende Tat. Diesen wird Gott in seiner Treue beistehen, wenn es um Gerechtigkeit geht.

Sich nicht der Gerechtigkeit mit aller Kraft widmen, **ist Sünde!** Dem Gegenteil von Wahrheit zu folgen ist ebenfalls Sünde! Sünde ist ein Bewegen in die falsche Richtung! Sünde macht das Herz hart und den Willen schwach.

Alles was in der Wahrheit ist, bringt Gerechtigkeit hervor. Deshalb ist das Streben nach Wahrheit die Grundlage alles Lebens und Gerechtigkeit.

Die süßesten Freuden sind kurz und schnell verschwinden uns glückliche Zeiten.

Wenn wir Glück finden wollen, müssen wir bereit sein uns zu öffnen.

Das Glück finden wir nicht im Besitz und im Gold, das Glück allein finden wir **in unserer Seele** verborgen.

Wir verschlafen unser Glück, **wenn wir nur davon träumen.**

Auf der Suche nach Lebenssinn und einer sicheren Zukunft, begegnen wir immer neuen Angeboten. Wählen wir immer recht davon aus.

Wir brauchen Liebe und inneren Frieden, Freude, die nicht so bald verfliegt und wir brauchen Hoffnung für die Zukunft.

Wir brauchen einen Blick über unseren begrenzten Horizont hinaus.

Warum noch in die Kirche gehen, wenn der Pastor selbst nicht mehr glaubt, was er da predigt?
So einfach ist das aber nicht! **Gott hat es uns anders gesagt.**

Wer heute noch an den Gott der Bibel und an Jesus glaubt, macht sich lächerlich. Und wer heute noch an Engel glaubt, der ist nicht ganz modern, **aber das bin ich gern!**

Heute ist es modern nicht mehr an Gott zu glauben, aber das ist nicht wahr. **Modern ist ganz etwas anderes!**

Wer sich in einer Welt ohne Gott verloren fühlt und wieder einen Sinn im Leben sucht, wird fündig: Lebenshilfebücher, Liedtexte und Filme von Action bis zum Kinder TV-Programm verbreiten erfolgreich die neue Religion, während eine Kirche nach der anderen schließt. **Das hat uns aber der Gott der Bibel nicht gelehrt!**

Ob wir ernten ist eine wichtige Frage, aber noch wichtiger ist die Frage, ob wir uns sorgfältig um eine gute Aussaat bemüht haben.

Jeder, dessen Herz von der göttlichen Gnade berührt worden ist, kann erzählen, was er gesehen, gehört und erlebt hat. **Wir sollen weitergeben, was wir wissen.**

Wenn wir Jesus Schritt für Schritt gefolgt sind, dann werden wir auch etwas über den Weg erzählen können, den er uns geführt hat.

Vom täglichen Leben wissen wir, dass wir für andere Menschen da sein müssen, insbesondere für die, **die uns brauchen.**

Wer das Leben als sinnlos empfindet, wird nur wenig tun und unglücklich sein.

Großer Reichtum des Lebens ist Freundschaft. Sie macht unser Glück vollkommen.

Einer, der Unrecht tut, wird **nicht** glücklich sein.

Wir wissen, Glück kann man nicht binden. Wir müssen es aber festhalten solange wir können. Wenn man aber das Suchen nun versteht, kann man es sogar wiederfinden, **sollten wir es verloren haben.**

Wir haben nur so viel Freude und Glück, wie wir auch **anderen** gewähren.

Es ist unsere Pflicht nicht nur unser Glück zu suchen, sondern auch andere glücklich zu machen.

Unser Haus, unsere Heimat, unsere Familie, unsere Freunde, das ist unser Glück.

Nicht nur mit Freuden auf das große Glück warten, sondern mit Freuden das kleine Glück genießen.

Gelebte Treue bereichert unser Leben und unser Herz.

Wahre Größe wählt Schlichtheit! Zeigen wir, was wir glauben und bekennen uns dazu. Verlernen wir nicht über unseren Glauben zu sprechen. Wir sollten freundlich sein zu jedermann.

Wir müssen unserem Leben das Beste geben, um das Beste von ihm zu haben. Das ist ein Weg, der uns viel einbringt, wenn wir ihn **konsequent** in Treue gehen.

Wollen wir uns stets davor hüten Dinge zu fördern, die dem Leben schaden.

Ohne Zögern können wir auf Menschen hören, auch wenn sie manchmal noch sehr jung sind, aber schon eine bestimmte Fähigkeit an Weisheit in sich gesammelt haben, **denn von ihnen können wir lernen,** auch wenn wir schon alt sind.

Mein Gott, der du mich hast werden lassen, ich weiß so wenig! Nur eine Bitte möchte ich dir sagen: **Gib mir die Kraft stets gut zu sein.**

Wie Jesus sich im Glauben in der Liebe des Vaters geborgen fühlte, so sollen wir uns in der Fürsorge des Heilandes geborgen wissen.
Die Macht des Wortes, die den Sturm stillte, **war die Macht Gottes!**

Wenn man uns dort findet, wo man uns hingestellt hat, wo wir hingehören, **dann ist das unser Glück.**

Glück ist unbeschreiblich! Wer könnte sagen, wo es ist und was es ist?

Bücher gehören für mich zum Glück. Sie sind meine große Leidenschaft.

Glück kann man nicht kaufen, auch wenn sich das mancher so denkt. Das Glück ist so billig, denn man bekommt es einfach umsonst, das können wir **nur schwer begreifen.**

Heilig ist ein großes Wort. Wenn wir unseren Nächsten lieben wie uns selbst, **dann beginnt unsere Heiligkeit.**

Lehrer sind ausgezeichnete Menschen, die die Lernbegierde der Kinder wecken. Unter ihren Belehrungen habe ich glückliche Stunden erlebt.

Bildung und Gebildetsein ist das Stichwort unserer Zeit. Der Weg zum Gymnasium sollte unser Ziel sein. Je mehr Bildung wir uns aneignen, umso leichter werden wir das Leben verstehen.

Herzens- und Seelenbildung stehen über die Verstandesbildung.

Der wahrhaft Gebildete wird einfach durch sein Gebildetsein zum Vorbild und zum Lehrer seiner Mitmenschen.

Elternhaus, Schule und Kirche müssen in einer Gemeinschaft zum Wohle des Kindes **zusammenwirken.**

Gott hat gesagt: „Du sollst nicht töten!" Frieden müssen wir schon selber schaffen, **Gott hat genug davon, wir müssen ihn nur nehmen.**

Es gibt keinen anderen Kummer als denjenigen, welchen eine wankende Gesundheit jedem strebsamen Geiste verursacht.

Der Umgang mit Menschen fällt uns oft schwer, da ihre ganze Art **unsere Nerven verletzt.** Deshalb müssen wir manchmal ihre Gesellschaft meiden und auf uns allein gestellt bleiben. Manchmal ist es besser allein als zu zwei`n.

Bildung hat eine große Verpflichtung, nämlich auch andere zu bilden.

Wenn wir dem Glück hinterherrennen, wird es uns entfliehn. Wir müssen ihm vielmehr entgegeneilen, denn es kommt in Wahrheit **von innen.**

Wir müssen tun, **was wir für richtig halten.** Nicht was andere sagen und tun ist unser Glück und unser Seelenfrieden.

Was wir uns wünschen, nennen wir Glück. Wenn wir es dann haben, **wissen wir nicht mehr,** dass es unser Glück ist.

In dieser Welt streben wir unaufhörlich nach Glück. Sie ist voll von lauter Glücksartikeln zu Tagespreisen. Glück durch Nagelpflege, Klangmöbel, Vitamine, Rasierwasser usw. Wir aber finden es nur in uns! Ganz umsonst! Es sind nicht erfüllte Wünsche, sondern es sind erfüllte Pflichten, die unser Glück ausmachen.

Glück ist nicht Besitz, **sondern Geben.** Wenn wir anderen aus der Schatzkammer unseres Herzens glücklich machen, werden wir selber glücklich sein.

Das ist Glück, wenn uns unser eigener Zustand **genügt und uns behaglich leben lässt.**

Allein der Anblick eines wahrhaft Glücklichen, kann uns glücklich machen.

In der Genügsamkeit finden wir allein das wahre Glück. **Aber wer ist schon genügsam?**

Das ewig Wirkende bewegt uns unaufhörlich, weil es nur zu unserem Wohl uns trägt, an unser Ziel. Dies zu erkennen, ist **ein großes Glück.**

Schauen wir nicht vorwärts und nicht zurück, nur **die Gegenwart** ist unser Glück.

Willst du glücklich sein in deinem Leben, **hasse niemanden** und überlasse Gott, was er uns gibt.

Das kleine und mühsam erworbene Glück sollten wir **doppelt** genießen.

An die Stelle von Schmerz und Schwäche tritt eine ungeahnte Kraft vollkommener Art, wenn wir unseren ganzen Glauben daran binden! Nur **dankbar** können wir das erleben und hinnehmen.

Mit Gottes Wort kannst du dich dem Bösen entgegenstellen und es bezähmen. Nicht besondere Fähigkeiten qualifizieren uns, sondern **allein Gottes Wort, Wille und Auftrag.**

Da wir nun Jesu Brüder und Schwestern durch den Heiligen Geist geworden sind, wird uns Gott auch mit **einer Kraft** ausstatten, die die Welt überwindet. Es ist für uns eine große Gnade, dass wir Gottes Kinder sein dürfen.

Nur der, der vom Himmel ist, versteht wohl auch die Sprache des Himmels. Die Sprache des Himmels aber ist leise!

Unüberhörbar ist die Stille für alle Menschen! Nur die Welt übertönt mit ihrem eigenen Geschwätz diese Stille und erklärt Gott für nicht existent.

Die Menschen fragen allzu oft: „**Wo ist Gott, warum greift er nicht ein?**
Obwohl es so aussieht, dass Gott den Lauf der Welt sich selbst überlassen hat, heißt es auch noch heute: „**Gott allein regiert die Welt!"**
Er greift schon ein, wir müssen nur **genau** hinschauen.

Die Mächtigen und Gewaltigen, die für den Zustand der Welt verantwortlich sind, möchten nach ihrem Willen tausend Jahre regieren. **Gott aber setzt sie alle ab,** bevor sie es wollten.

Wenn wir beten: „Unser täglich Brot gib uns heute", dann kommt das Brot nicht vom Himmel für uns, sondern wir müssen dafür arbeiten. **Wir müssen es uns verdienen.**

Gelegentlich ein Gespräch über Religion und Wahrheit führen oder ohne ein inneres Verlangen und ohne lebendigen Glauben zu beten, **nützt uns gar nichts.**

Ein bloßes Lippenbekenntnis zu Christus, das ihn vielleicht als den Erlöser der Welt ansieht, kann **niemals** die Seele heilen.

Wer volle Erkenntnis erwartet, bevor er glauben will, **kann nicht von Gott gesegnet werden.**

Ein lebendiger Glaube bedeutet eine stetige Zunahme an Kraft, ein zuversichtliches Vertrauen, wodurch unsere Seele zu einer alles überwindenden Macht wird.

Wir sind Zeugen Gottes, **wie wir an uns selbst** das Wirken der göttlichen Macht offenbaren.

Gott möchte, dass in unserem Lob, das zu ihm aufsteigt, unser ganzes Herz mitschwingt. Wird dieses kostbare Bekenntnis zum Lobe seiner überaus großen Gnade von einem wirklich christlichen Leben getragen, **so hat es eine unwiderstehliche Macht.**

Gott hat alle Reichtümer des Himmels gegeben, um uns Menschen zu erlösen. Aber die Menschen schätzen seine große Liebe nicht. Durch Undankbarkeit verschließen sie ihre Herzen und wissen nicht, dass ihnen etwas Gutes geschieht. **So wollen wir aber nicht sein, wenn wir uns seine Kinder nennen!**

Weil wir Gott vertrauen, wird er uns segnen! Das heißt, er wird uns dafür belohnen und bewahrt uns auch im Sturm unseres Lebens. Er lässt uns nie im Stich.

Wir vertrauen auf Gott, weil er **vertrauenswürdig** ist.

Jesus hat nicht getan, was die Menschen wollten. Er war gekommen, um Sünden zu vergeben. Das wollten nur die Sünder und **das wollen sie bis heute.**

Jesus war kein Revolutionär oder ein General, sonst hätte er wie ein solcher gekämpft. Er sagte dazu nur: **„Mein Reich ist nicht von dieser Welt°!"**

Wer Gott an die erste Stelle in seinem Leben setzt, wird erleben, **wie sich sein Leben verändert.**

Wenn wir Zeit mit Gott verbringen, können wir gar nicht anders als wie er zu werden. **Wir werden seine Gebote lieben!**

Viele Leute, die lange nicht mehr gebetet haben sagen: **„ich höre Gottes Stimme nicht."** Immer wenn ich eine Antwort brauche, bete ich, aber ich höre nichts. Sie wissen nicht wie Gottes Stimme klingt, weil sie **nur hinhören**, wenn sie eine Antwort wollen, **aber nicht**, wenn sie nichts hören.

Wir lassen uns von anderen Menschen beraten, wenn wir Probleme haben. **Das ist weise.** Lassen wir uns auch von Gott beraten und hören wir zu, was er uns zu sagen hat. **Das ist noch weiser und zeigt unser Gottvertrauen.**

Gott uneingeschränkt zu gehorchen, das ist nicht einfach. Dazu brauchen wir **Charakterstärke und Mut und Vertrauen.**

Wer die Bibel liest, hört Gottes Stimme. Lassen wir es zu, dass Gott uns verändert, weil wir ihm vertrauen. So werden wir Gottes Wort lieben.

Vertrauen wir Gott unser Leben an. Er ist immer treu. Er wird unseren Weg gerade machen, er wird uns leiten mit seinem Auge. Er wird uns **nie** verlassen.

Die Herzenssprache ist die Sprache mit der man aufwächst, man kann auch sagen

„Muttersprache", denn sie lehrte uns zu beten, **sie hat unser Herz berührt.**

Gott sieht wie es auf Erden zugeht. Er sieht sich das alles an, aber er lässt die Erde nicht untergehen, auch wenn die Menschen schon mit ihren Waffen dafür gesorgt haben, dass sie das bewirken könnten. **Er schaut zu, aber nicht für immer!**

Wir kennen Gott als einen liebenden Gott, aber er ist auch ein strafender Gott, denn es heißt: **„Gott lässt sich nicht spotten!"** Die Zustände auf dieser Erde sind geradezu ein Spott auf Gottes Gebote und seinen Willen.

Es muss **niemand** glauben, dass er für sein Handeln nicht zur Rechenschaft gezogen wird. Fragen wir uns deshalb immer, wie wir vor Gott leben sollen und achten wir auf seine Gebote.

Das Wort Gottes muss tief in unserer Seele verwurzelt sein dann bringt es uns Freude für den **ganzen** Tag.

Neben dem Gebet sollen wir auch arbeiten. Gott hilft uns wohl, dass wir gesund sind, **aber arbeiten müssen wir schon selber.**

Niemand kann also sagen, er habe nichts von Gott gewusst, er hat es höchstens **nicht begriffen.** Würden wir aber Gott suchen, so würden wir ihn auch finden und lieben und er würde uns wieder lieben.

Sind wir in Gottes Liebe, wird unser Gemüt selbst unter persönlichen Kränkungen ruhig bleiben.

Unsere Verfehlungen und Schwächen mögen zahlreich sein, unsere Sünden und

Fehler schwer, aber die Gnade Gottes ist für alle da, die mit **reuevollem** Herzen zu ihm kommen.

Wer es versäumt, sich mit den Worten Christi vertraut zu machen, durch fleißiges Forschen in der Schrift Kenntnisse über Gottes Wort und Willen zu erwerben, der wird **nie** Gottes große Liebe kennenlernen.

Wer treu zu Gott hält, braucht die Feindschaft der Menschen und die Macht der Finsternis nicht zu fürchten. In Christus ist ihm **ewiges** Leben sicher.

Unsere einzige Sorge sollte sein, **die Wahrheit** aufzugeben und so das Vertrauen zu enttäuschen, mit dem Gott uns liebt.

Das Glück, das ich gestern hatte, ist oft heute schon zerronnen.

Denke daran dass Du umgeben

bist von Leuten, die an

Dich denken, für Dich beten,

und Dir alles Gute wünschen.

Wer Christus bekennen will, muss ihn ständig in sich tragen. Er kann **nichts** weitertragen, was er selbst nicht in sich trägt.

Nur wer die Sanftmut und die Liebe Christi besitzt, kann sie überzeugend auch an andere weitergeben.

Die Ursache allen Streites liegt nicht im Evangelium, sondern es ist vielmehr die Folge des Widerstandes gegen dieses.

Von allen Verfolgungen ist die häusliche Uneinigkeit und Entfremdung zwischen **Freunden oder Angehörigen** die schwerste.

Das Glück kommt rasch und flattert baldigst wieder fort. Das Unglück aber hat im Gegenteile keine Eile. Es bleibt gern eine kleine Weile, aber einmal muss es fort, **worauf wir hoffen dürfen.**

Vom Glück geliebt zu werden, was gibt es Schöneres auf Erden!

Für das Lächeln eines geliebten Menschen die Zeit unseres Lebens opfern können, **das ist Glück.**

Das Unglück müssen wir nur **annehmen,** dann kann es uns zum Glück werden.

Glücklich ist der, der von sich sagen kann, wenn auch Morgen etwas Schlimmes kommt, **ich habe heute gelebt.**

Kein Glück können wir zwingen, aber wir sollten es immer **freudig** erwarten.

Allein können wir Unglück ertragen, aber zum Glück braucht man **zwei.**

Nicht im Sammeln besteht unser Glück, sondern im **Loslassen.**

Eine positive Einstellung, Kenntnisse und Fähigkeiten, Freundlichkeit, Einfühlungsvermögen sind gute Voraussetzungen zum Verhandeln **mit Erfolg.**

Je mehr Informationen wir von unserem Gegenüber gesammelt haben, desto größer sind die Chancen für eine gute Zusammenarbeit.

In jedes Gespräch sollen wir pünktlich, ausgeruht und in guter Verfassung gehen. **Vertrauen sollte die Grundlage sein.**

Wir sollten immer darauf achten, dass wir uns verständlich ausdrücken, Pausen machen, Wiederholungen möglichst vermeiden, unseren Gesprächspartner nicht unnötig unterbrechen oder ihn kritisieren. Wir sollten möglichst immer **viel Sicherheit** ausstrahlen.

Wenn jemand ein Gespräch beenden will, sollten wir darauf eingehen und für offene Fragen einen **neuen** Termin anstreben.

In einem Gespräch sollten wir viele Fragen stellen. **Wer fragt, der führt** und kann das Gespräch lenken im Sinne des Zieles. Man muss das Gegenüber auch reden lassen und ihm gut zuhören.

Wer ist Jesus Christus für mich persönlich? Was bedeutet er für mein Leben, und was wäre anders ohne ihn? Das kann man nicht in einem Satz beantworten oder doch? **Er ist mein Leben und ich möchte sein wie er.**

Gottes Absicht ist keineswegs, dass wir seinen Zorn erfahren sollen. Er hat uns seine Liebe versprochen, **sofern wir auf sein Wort hören und danach tun.**

Man kann uns wohl beleidigen und weh tun, aber wenn **Liebe** in uns wohnt, dann kann kein Zorn aus uns hervorkommen.

Viele Menschen behaupten: „Es gibt keinen Gott!" Ich kann natürlich auch keinen Gott vorzeigen, dem man dann auf Augenhöhe begegnen könnte. So ist Gott natürlich nicht zu finden und auch nicht zu verstehen. Ich kann nur sagen: „Gott wohnt in meinem Herzen! Wie ist er dorthin gekommen?"
Der Herr hat gesagt:
„Wer mich liebt, der wird mein Wort halten und mein Vater wird ihn lieben, und wir werden zu ihm kommen, und Wohnung bei ihm nehmen!" Joh. 14.23

Was soll ich glauben? Was soll ich tun? Es gibt so viele Parteien, es gibt so viele Religionen, wo soll ich mich hinwenden?

Ich habe die Bibel gelesen und konnte **dort** die Wahrheit finden. Jesus selbst hat dort gesagt: „Ich bin der Weg, die Wahrheit und das Leben! Glaubet an Gott und folget mir nach!"
Das habe ich getan und habe nicht nur die Wahrheit gefunden, sondern **auch Gott und alles Gute dazu. Das war für mich der Erfolg meines Lebens!**

Wir brauchen nicht nur einen guten Verstand, sondern auch ein demütiges Herz, um zu Gott zu kommen.

Kritik kann man üben, aber sie muss zur Wahrheit führen und niemand verletzen.

So viel Zeit auch für die Verkündigung des Evangeliums in der Welt eingesetzt wurde, sie hat nicht gereicht, denn es gibt viel zu viele, die dem Wort Gottes nicht folgen wollen.

Die Beschäftigung mit den Toten bringt kein Leben hervor! Es ist aber nicht so, dass Jesus die Toten unbeachtet gelassen hat, denn er ging selbst zu ihnen ins Totenreich und brachte ihnen das Evangelium und Hoffnung auf Leben. **Darum ist Gott für die Lebenden und Toten da.**

Zerstörtes Vertrauen ist nur **schwer** wieder herzustellen.

Nur **reine** Herzen können Gott ehrlich und in Wahrheit loben.

Wir alle erzählen viel, wenn der Tag lang ist. Wir erzählen auch nicht immer nur Gutes. Was wir aber erzählen, **kommt aus unserem Herzen.**

Mein Wissen von Gott habe ich aus meinem Herzen, **denn ich weiß, dass Gott in diesem wohnt.**

Wo Gott wohnt, da ist alles geregelt, da gibt es keine Gefahren, da gibt es keine Angst, da ist lauter Liebe, die aus uns spricht.

Sollte das wirklich die Wahrheit sein, was da in meinem Herzen steht über Gott? Wir können über diese Wahrheit **nicht** diskutieren, denn nur für den wird sie wahr, überzeugend, lebensnotwendig, der mit ihr und von ihr lebt.

Über die Liebe können wir theoretisch diskutieren, aber wir werden sie mit **keiner** Diskussion erreichen und vor allem **nicht erfahren**, wie Liebe das Leben verändert.

Zeugnisgeben bedeutet nicht nur, dass ich etwas mitteile, sondern dass ich mich selbst mitteile, meine innerste Glaubensüberzeugung, wodurch auch der andere zu einer entsprechenden Entscheidung herausgefordert wird.

Glauben heißt mit Gott rechnen wie mit Zahlen!

Gottes Worte sinken tief in die Seele, **wenn sie sich öffnet.**

Und wenn es noch so wenig ist, was du vom Evangelium begriffen hast, **lebe es!**

Als Christ bekenne ich mich, indem ich die Gottesdienste besuche.

Was sind das für Christen, die keine Zeit haben und keine Bereitschaft zeigen, wenn Gott zu ihnen reden will?

Wie können wir von den Menschen erwarten, dass sie uns Christen respektiert, wenn wir als Christen keine zwei Stunden für einen Gottesdienst am Sonntag Zeit haben, um unseren Herrn und Meister zu ehren, zu loben und zu danken?

Der Engel Gottes sei
in dir, um dich zu trösten,
wenn du traurig bist.

Irischer Segenswunsch

Mit Gott in Verbindung zu bleiben, **das hat Konsequenzen.** Die Gemeinschaft mit Gott soll uns wichtig sein, denn sie führt uns in den Himmel. Das ist unser Ziel und unsere Sehnsucht.

Gott hat uns Menschen die Freiheit geschenkt, sich für ihn, für seine Gebote, für die christliche Liebe zu entscheiden **oder auch dagegen.**

Freiheit hat Verantwortung. Daher haben wir für unser Tun und Lassen einzustehen und daraus die Konsequenzen zu tragen.

Freiheit und Würde des Menschen leuchten **hell und weit**, wenn es um Verzeihung und Vergebung geht.

Wo Menschen zusammenleben, ist Vergebung unerlässlich. Wo dieses aber nicht mehr gewährt wird, gibt es auch kein Miteinander mehr. **Das ist sehr traurig!**

Konflikte können nur durch Versöhnung gelöst werden.

Entschuldigen, Verzeihen und Vergebung sind die Grundlagen wieder **Frieden** zwischen den Menschen zu schaffen.

Versöhnung kommt nach Verzeihung und Vergebung. Um mich mit dem Nächsten zu versöhnen, muss ich mit ihm **sprechen, den Kontakt mit ihm aufnehmen.**

Versöhnen ist mehr als Vergeben, es bringt den verlorenen Frieden zurück.

Kein Mensch hat das Recht, vom Nächsten zu fordern, er habe ihm zu vergeben und sich zu versöhnen.

Wenn ein Mensch zur Vergebung und Versöhnung bereit ist, so ist das großartig **und Lob und Dank wert.**

Frieden ist eine **wunderbare** Sache. Um ihn zu erhalten, brauchen wir Verstand und ein versöhnendes Herz.

Mit unserem Verstand gelingt es uns, verständig zu sein, so dass wir wissen, was wir reden sollen und worüber wir in der entsprechenden Situation besser schweigen, **um niemand zu verletzen.**

Mit bösen Worten zünden wir nicht nur ein Höllenfeuer an und stören das menschliche Miteinander, sondern wir widersprechen damit auch unserer schöpfungsgemäßen Bestimmung, ein vernünftiger Mensch zu sein, **und das ist Sünde.**

Dank können wir **nicht einfordern,** wenn er uns nicht freiwillig gewährt wird, Wir wissen nicht warum er uns nicht gegeben wird. Es muss nicht unbedingt vorsätzlich, absichtlich geschehen sein. In Gedanken versunken vergisst mancher den Dank! Sind wir immer hell wach und tun, was man von uns erwartet.

Gottes letztes Wort sind nicht Katastrophen ob von mensch- oder naturgemacht, die uns ängstigen. Sein letztes Wort ist die befreiende Tat von allem Ungemach, **die uns leben lässt.**

Wir alle träumen, wenn ich einmal reich wär! Aber leider sind wir nicht alle reich **und viele sind dennoch glücklich.**

Gesundheit ist doch das Wichtigste, was wir brauchen, um glücklich zu sein. Gesundheit können wir uns aber nicht kaufen, **die bekommen wir geschenkt,** ganz umsonst gibt uns Gott die Kräfte, die wir zum Leben brauchen.

Die Menschen haben ein großes Problem, sie wissen nicht welchen Weg sie gehen sollen, denn es gibt so viele davon. Es gibt aber nur **einen einzigen** Weg, den wir zu gehen haben und diesen zeigt uns Gott. Wir sollen den Weg der Wahrheit gehen. Ihm müssen wir folgen, wenn wir nur einen Funken von Wahrheitsliebe in uns tragen.

Sicherlich gibt es viele interessante Wege und Vorstellungen wie man seinen Lebensweg gehen kann. Aber **keiner** dieser Wege bringt uns ins Himmelreich.

Gottes Wort hören und in der Bibel nachlesen bringt uns auf keinen Weg, **wo Gott nicht ist.**

Wege ohne Gott sollten wir meiden, denn sie führen nicht in die ewige Herrlichkeit, nur dort werden wir einmal glücklich sein.

Ich folge doch gern dem, der gesagt hat: „Ich bin die Wahrheit!" als denen, die sagen: „Ich weiß die Wahrheit!"

Die Hauptsache ist wir haben einen Herrn, so meinen die Menschen. Erscheint ein neuer Herr, heißt es: **„Nieder mit dem alten!"**

Belehre mich Herr, **die Unwissenheit** richtet mich zugrunde.

Ein guter Schüler sieht wohl die Fehler seines Lehrers, er schweigt jedoch darüber, denn eben diese Fehler sind ihm eine Lehre **und zeigen ihm den richtigen Weg.**

Es gibt eine Schwermut, die uns ergreift, wenn wir uns an vergangenes Glück erinnern.

Zwischen Glück und Vergnügen gibt es einen Unterschied. Das Vergnügen können wir uns selber wählen, aber auf das Glück müssen wir warten.

Frieden bedeutet Glück. Sowohl nach innen wie nach außen.

Glück ist so leicht wie eine Feder. Es lässt sich daher nur schwer einfangen!

In unserem Leben haben wir manchen Kampf bestehen müssen und wir sind auf verschiedene Widerstände gestoßen. Deshalb erkennen wir, dass wir noch manche Unterweisung nötig haben.

Wenn wir vorübergehend uns manchmal selbst überlassen sind, werden wir beunruhigt, weil wir nicht wissen, was wir tun sollen.

Wenn wir den Erfolg unseres Wirkens sehen, stehen wir in der Gefahr, diesen Erfolg uns selbst zuzuschreiben. Dabei können wir aus uns selbst gar nichts tun, es sei denn gute Menschen und Gott selbst haben es in uns hineingelegt.

Im Glück ist gesunder Menschenverstand oft **nicht** vorhanden.

Wir müssen an das Unzerstörbare in uns glauben **und das ist die Liebe!**

Seine Bestimmung in Liebe zu finden, das ist Glück.

Nur ein **gutes** Herz findet Wohlgefallen am Guten.

Es ist ein großes Glück für uns, dass wir nicht wissen, **was Morgen ist.**

Jeder von uns wird in seinem Leben einmal vom Glück besucht.

Durch Tüchtigkeit, Klugheit, Fleiß und Beharrlichkeit können wir dem Glück **entgegeneilen.**

Wenn wir zu vergleichen beginnen, dann **endet** unser Glück und die Unzufriedenheit nimmt ihren Lauf.

Ein Mädchen zu verführen ist keine Kunst, aber eines zu finden, das es wert ist verführt zu werden, das ist Glück.

Einem jeden von uns wurden Aufgaben zugewiesen, die seiner Befähigung entsprechen. Niemand soll durch allzu große Verantwortung belastet werden, während andere gegenüber ihren Mitmenschen weder Last noch Sorge fühlen.

Es ist **unklug** sich ständig dem Druck der Arbeit auszusetzen. Wir müssen auch Ruhepausen einlegen, um danach mit erneutem Eifer zu wirken.

Heute optimistisch sein

Weniger zu beten und weniger zu glauben ist heute eine große Gefahr. **Erkennen wir sie!**

Während wir eifrig für das Heil der Menschen wirken sollen, müssen wir uns Zeit nehmen, um nachzudenken, um zu beten und auf das Wort Gottes **zu hören.**

Nur die unter **ständigem** Gebet ausgeführte Arbeit wird am Ende zum Guten führen.

Durch ständige Gemeinschaft mit Gott empfangen wir Leben von Gott, **um es der Welt weiterzugeben.**

Würden wir uns heute Zeit nehmen, um zu Jesus zu gehen, ihm unsere Nöte und Besorgnisse zu berichten, würden wir nicht enttäuscht werden. **Er würde uns an die Hand nehmen und uns helfen.**

Jesus ist wirklich der **beste** Ratgeber. Ihn dürfen wir um Weisheit bitten.

Jeder, der von Gott geleitet wird, lebt ein Leben, das sich von der Welt **stark** unterscheidet.

Um den Willen Gottes erkennen zu können, müssen wir **stille** werden. Wir werden dann Gott zu uns sprechen hören, wenn jede andere Stimme schweigt! Durch unser Stillesein werden wir die Stimme Gottes vernehmen.
Er sagt: **„Seid stille und erkennt, dass ich Gott bin!"** Psalm 46.11

Wenn einer nicht dem folgen will, der das Leben ist, so soll er ruhig seinen eigenen Weg gehen, **aber Leben wird er dadurch nicht erhalten.**

Die aber im Geiste Christi offenbar werden, haben so viel **Kraft,** dass sie auffahren wie Adler und verkündigen das Evangelium und es haben viele angenommen zu ihrem eigenen Nutzen, zum geistigen Leben.

Jesus sagt: „Ich bin der Weg, die Wahrheit und das Leben! Und er sagt weiter: Ihr folgt mir nicht, ihr glaubt mir nicht, gebt mir nicht die Schuld, wenn es euch nicht gut geht im Leben!"

Die Menschen folgen dem Evangelium **nicht, beklagen sich aber**, dass es ihnen nicht gut geht.

Herr, lass uns immer dem Leben folgen und nimm unseren tiefempfundenen Dank an, dass wir aus dir Leben dürfen.

Vor was sollten wir uns fürchten? Die Hölle haben wir ansehen können z.B. in Auschwitz-Birkenau. Etwas Schlimmeres konnte der Mensch nicht zu Wege bringen. Möge Gott darüber befinden, **aber ungesühnt wird das nicht bleiben.**

Wir hören jeden Tag viele Worte an denen wir auch Freude haben. Es sind aber nicht immer nur gute Worte, die wir hören und dementsprechend wird unsere Freude sein. Wichtig aber ist es, **dass wir dorthin hören, wo gute Worte an uns gerichtet werden.**

Gottes Wort hören wir in der Regel im Gottesdienst, wo er durch schwache Menschen predigen lässt. Dort zuzuhören, wie sich`s gebührt einem Gott zuzuhören, **ist unsere Aufgabe.**

Wer also denkt die Prediger kenne ich, von denen lasse ich mir gar nichts sagen, dem wird das Wort Gottes, oder eine Predigt, **nichts geben.**

Das Wort der Predigt ist Gottes Wort, weil Gott selbst über das Wort von seinem Altar wacht und es **nicht**

zulassen wird, dass dieses sein Wort, aus Menschenweisheit gepredigt wird.

Wenn wir durch Leid und Trübsal gehen müssen, dann wird Gott, unser Vater, bei uns sein und er wird uns hindurchtragen, **ohne dass wir daran zerbrechen.**

Erschrecken wir noch, wenn wir die Nachrichten des Tages einschalten? Da hören wir von Gräueltaten, von Waffenlieferungen und von Krieg und Hunger.

Die Hölle haben wir auch nach vielen Jahren nicht überwunden. **Das Böse ist immer aktiv!**

Wenn die Schere zwischen arm und reich immer größer wird und sogar Reiche **freiwillig** mehr Steuern zahlen wollen, sie aber nicht gehört werden, da kann der gesunde Menschenverstand nicht mehr folgen.

Die Reichen sollen gern ihre Millionen oder Milliarden haben. Wir müssen darüber nicht einmal neidisch sein. Aber der normale Arbeiter soll doch wenigstens Lohn bekommen, **wovon er leben kann.**

Alle Werte, die wir gelernt haben sind heute abgetan mit der Bemerkung: **"Wir haben eben heute andere Zeiten!"**

Jeder macht sich seine eigene Religion und Gott soll zuhören, wenn die Menschen zu ihm sprechen. Früher war es genau umgekehrt, da sagte man: **"Herr, rede, dein Knecht hört!"**

Wer will heute noch ein Knecht sein? Wir sind es, nämlich alle sind wir **Knechte der Sünde!**

So sollten wir beten: "Herr, ich bitte dich um deine Führung in deinem

Geist, so dass wir die Werte, wie sie immer waren, gelten lassen können und nach deinem Wohlgefallen leben können."

Auch zu uns ist der Satan schon oft gekommen und er kommt immer wieder, um uns zu versuchen. Wir sind ihm leider viel zu oft unterlegen gewesen. Wichtig ist es, dass wir ganz bewusst feststellen: **„hier ist Satan und ich folge ihm nicht!"**

Es ist leicht zu sagen hier hat mich der Teufel verführt, ich wollte das nicht. **Wir bestimmen doch**, wer uns führt oder verführt.

Wir alle sind aufgerufen das Evangelium weiterzutragen.
Da müssen wir gar nicht große Worte machen und jeden sagen, dass er es auch so machen soll wie wir. Wir müssen nur konsequent unseren Weg gehen, am Gottesdienst teilnehmen,

dann sehen es auch alle anderen, die uns kennen und **sie wissen ganz genau** wohin wir am Sonntagmorgen gehen.

Sicher kann man auch am Sonntagmorgen Geld verdienen gehen, aber wir sagen: **„Der Mensch lebt nicht vom Brot allein!"**

Sicher können auch wir jeden Euro gebrauchen, aber **nichts** kann uns das Wort Gottes am Sonntagmorgen ersetzen!

Man argumentiert mit uns und sagt: „Wenn Gott es so gut mit dir meint, dann dürfte dieses und jenes in deinem Leben nicht vorkommen. Es müsste dir immer gut gehen und es müsste dir alles zufallen, was du dir wünschest."
So zu denken, ist eine Herausforderung Gottes und da können wir nur sagen, wie Jesus,: **„Du sollst den**

Herrn, deinen Gott nicht herausfordern."

Man sieht nicht, dass Gott, wie ein Vater immer seine schützende Hand über uns hält und uns behütet auf allen unseren Wegen.

Wir wissen, wenn wir fallen, dann fallen wir in Gottes Hände **und das macht uns stark.**

So wie Jesus alle Reiche dieser Welt angeboten wurden, wenn er nur niederfallen würde und den Satan anbeten wolle, haben auch wir alle Türen dieser Welt zum Erfolg geöffnet bekommen, aber wir sagen wie Jesus: **„Weg mit dir Satan!"**

Wir sollten solange danken, wie wir um etwas gebetet haben.

Wer junge Liebe kennt, weiß wie schnell ein Herz **verbrennt.**

Rechtes Wohlwollen und gütiges Wohltun kommen aus dem Dank eines Herzens, das nicht vergißt, was GOTT Großes an ihm getan hat.

P. Palmatius Zilligen

Man muss es an uns **erkennen**, dass wir Gottes geliebte Kinder sind!

Nach dem Sinn des Lebens fragen wir uns jeden Tag. Das Leben ist sinnvoll, **weil Gott in mir lebt.** Alle anderen Antworten gehen am Ziel unseres Lebens **vorbei.**

Wir könnten noch so reich sein und die ganze Welt gesehen haben, wenn Gott nicht in uns lebt, **dann ist das alles nichts.**

Welch einen Wert haben **geistige** Güter, die wir aus Büchern uns sammeln und aneignen können!

Zu Jesus sind bis heute **viele** Menschen gekommen. Die einen kamen aus Neugierde, die anderen, weil sie sein Wort hören wollten und es liebten und andere kamen, um ihn zu widerlegen.

Heute will man sich gegenseitig nur noch den Kopf waschen und jedem so richtig die Meinung sagen, **aber das hat Jesus nicht gemeint**, als er seinen Jüngern die Füße gewaschen hat.

Jesus hat uns gezeigt, dass wir nur **mit Liebe** zu unserem Nächsten eine Gemeinschaft sein können und das fällt uns allen sehr schwer.

Selbst unsere Feinde sollen wir lieben. Es ist also **keine Kleinigkeit**, die Gott von uns verlangt.

Gott wird uns reichlich belohnen, unserem Verhalten entsprechend. Das müssen nicht große Taten sein. Es heißt: **„die mit leeren Händen vor Gott stehen, dürfen sich freuen!"** Es sind aber nur solche, die ein reines Herz haben, es sind die Barmherzigen und solche, die Frieden schaffen.

Es gibt Beispiele, die Gott gegeben hat, um uns zu zeigen, wie gering der Mensch ist mit seiner **erhabenen** Meinung, wenn es darum geht, Gott zu widerlegen.
Paulus, der einer der größten Verkündiger des Evangeliums war oder Thomas, der nur kleinlaut sagen konnte: **„Mein Herr und mein Gott!"**

Alles, was im Licht steht, wird überall gesehen und wahrgenommen.

Die Menschen schauen mit Neugierde auf uns Christen, weil sie wissen wollen, **ob Jesus in uns lebt.**

Jesus aus uns leuchten zu lassen, **das ist keine Kleinigkeit.**

Unser Verhalten und Tun sehen alle Menschen und daran müssen sie erkennen können, wer in uns lebt und wer wir sind, nämlich **Gottes geliebte Kinder.**

Niemand muss bei den Christen nachlesen, sondern **die Bibel sagt allen sehr genau,** was zu tun ist. Den Christen zuerst, aber erst recht den Nichtchristen.

Jeder von uns kann also in der Welt leuchten für andere, damit sie sehen, **wo der Weg des Heils zu finden ist.**

Manche suchen ihr Glück, wie sie ihre Brille suchen, die sie auf der Nase tragen.

Nur ein glücklicher Mensch besitzt eine **gesunde** Seele.

Ohne Zufriedenheit gibt es kein Glück.

Das Schicksal können wir mit einem reißenden Strom vergleichen. Beide zeigen ihre Macht dort, wo man keine Vorkehrungen in ruhigen Zeiten getroffen hat.

Zu denen, die das Glück erwarten, wird es auch gerne kommen. Nur müssen wir ihm auch **eine Chance** geben und ihm die Tür öffnen.

Aus einem reichen Arbeitstag können wir das Glück selber schöpfen. Geben wir uns Mühe, dann werden wir es finden.

Man sollte das Glück dort lassen, wo man es gefunden hat. Es lässt sich nur ungern hin und her transportieren.

Das eigene Glück dem der anderen zu opfern ist gegen jeden gesunden Menschenverstand, aber es ist wohl das **höchste** Glück.

Was uns immer begegnen mag, es liegt an uns Glück oder Unglück darin zu erkennen.

Im Glück vergessen wir, was man uns **Gutes** getan hat.

Gipfelglück empfindet nicht der, der unten geblieben ist.

Oft zögern wir und sind nicht bereit, alles zu geben, was wir besitzen. Wir schrecken davor zurück ein Opfer zu bringen oder gar uns selbst für andere hinzugeben. Aber Jesus hat uns geboten: **„Gebt ihr ihnen zu essen!"** Markus 6.37

Statt die Verantwortung auf Menschen zu legen, von denen wir meinen, dass sie begabter seien als wir selbst, sollten wir bereit sein und entsprechend unseren Fähigkeiten zu arbeiten.

Die Verständigsten, die Intelligentesten können nur das geben, was sie empfangen haben, so wie die Jünger das Brot des Lebens zum weitergeben empfangen haben.

Als die Jünger des Herrn Anordnung hörten: **„Gebt ihr ihnen zu essen!"**, tauchten vor ihnen alle möglichen Schwierigkeiten auf.

Wenn es heute den Menschen am Brot des Lebens fehlt, dann fragen alle: **„Was sollen wir tun?"** Niemand aber will davon etwas wissen.

Wenn du von Menschen in Not umgeben bist, dann wisse, dass Christus auch dort ist. Verbinde dich mit ihm, **bringe was du hast.** Die uns zur Verfügung stehenden Mittel scheinen für die Not nicht auszureichen. Aber Jesus hat genug Brot des Lebens, aber auch Brot für den natürlichen Leib, damit wir nicht verhungern!

Gehen wir im Glauben voran und vertrauen wir auf die **allmächtige** Bereitwilligkeit Gottes, so werden sich uns reiche Hilfsquellen öffnen.

Gehen wir voller Glauben und offenen Händen zur Quelle aller Kraft, zu Gott, dann werden wir selbst unter den allerschwierigsten Verhältnissen in unserer Arbeit in der Lage sein, **auch anderen das Brot des Lebens zu geben.**

Das ist ein guter Rat, dass wir mit geöffneten Augen durchs Leben gehen sollen. Mit ihnen können wir nicht nur unsere eigenen Werke sehen, sondern auch die Werke unseres Gottes.

Wenn wir nun sagen, wo ist denn Gott, dann müssen wir nur unsere Augen aufmachen, um seine Herrlichkeit einfach in der natürlichen Schöpfung zu erkennen.

Die Menschen meinen, dass sie statt in einen Gottesdienst am Sonntagmorgen lieber in den Wald gehen, um dort Gott zu treffen. Dort finde ich zwar Gottes Werke, aber ihn selber treffen wir dort nicht, denn er sagt: **„Kommt her zu mir alle!" Er ruft uns nicht in den Wald,** sondern in sein Haus, wo er uns etwas zu sagen hat!

Wenn wir nun prüfen wollen, ob das wirklich Gottes Wort ist, was dort gepredigt wird, dann können wir das, indem wir das tun, was gepredigt wird. Dann werden wir feststellen, dass wir in **keine Sünde** willigen. Welchen Beweis wollen wir denn noch haben, wenn nicht diesen?

Wenn wir uns blinde Menschen betrachten, werden wir feststellen, welch ein Wunder es ist, dass wir selbst sehen können. Diese Menschen würden alles geben, um Gottes Herrlichkeit sehen zu können. Wir sind aber dazu in der Lage und **stellen uns blind.** Das ist das **Traurigste,** was es überhaupt geben kann.

Der Herr segne dich
und behüte dich!

Der Herr lasse sein
Angesicht
über dir leuchten und
sei dir gnädig!

Der Herr erhebe sein
Angesicht auf dich
und gebe dir
Frieden!

4. Mose 6, 24-26

Das Gesetz Gottes ist ein Wunder, denn es gibt uns ein sorgenfreies Leben, **wenn wir es befolgen.**

Wir sollten dankbar sein über Gottes Gebote und Weisungen. Nicht nur mein Herz, sondern auch mein Verstand sagt mir, dass das alles **konsequent und logisch** ist, dem ich ohne zögern folgen kann.

Es hat mir noch niemand eine andere Lösung angeboten als die, dass es mal einen **großen Knall** gab und alles, was ich nun sehe daraus entstanden ist. Das kann und will ich nicht glauben. Es geht weder in meinen Verstand noch in mein Herz!
Jesus ist nicht gekommen, um alles in Frage zu stellen, sondern um das Gesetz zu erfüllen, wie es uns Menschen gegeben wurde.

Das Gesetz der Liebe stellte Jesus ganz oben an und hat es für uns ganz groß gemacht, denn **Liebe sei euer Leben.** Das ist eine große Aufgabe, die er uns allen gegeben hat. Sie zu erfüllen muss der Sinn unseres Lebens sein.

Ein Atheist im Fernsehen: „**Ich bin gottlos glücklich!**" Sein selbstgerechtes Auftreten ließ ihn eigentlich recht jämmerlich erscheinen. Sein selbsterklärtes Glücklichsein basiert auf Gottlosigkeit. Gott lässt sich das gefallen, aber er lässt sich nicht spotten. Spätestens am Ende seines Lebens wird auch dieser Mensch erkennen, dass es ein Glück ohne Gott gar nicht gibt. Aber es ist jedem freigestellt sein Leben ohne Gott zu leben. Nur wenn Gott zu solchen sagen wird: „**Ich kenne dich nicht**", dann ist das natürlich wieder ein ungerechter Gott.

Das Glück unseres Lebens hängt von unserem **Gehorsam** ab.

Wie können wir sagen: „Gott lieben wir und Jesus auch, aber mit meinem Bruder rede ich nicht?"
Das ist auch nach dem gesunden Menschenverstand **nicht in Ordnung.**

Die Bücher, die einer besitzt, geben immer Aufschluss darüber, welche Bildung der Besitzer erworben hat.

Die Wirklichkeit des Lebens ist noch nie einem Gebildeten erspart geblieben. Sie gibt uns nicht nur Wissen, sondern auch Weisheit.

Selig, die **gehorchen** lernen, ehe sie die Pflicht dazu nötigt.

Das Wort des Vaters und der Wink der Mutter muss für das Kind ein Gesetz sein, **wenn es gehorchen lernen soll.**

Das Unglück schreiben sich die Menschen ins Gedächtnis, aber das

Glück beachten sie nicht und warten ein Leben lang darauf.

Glück ist ebenso anstrengend wie Unglück.

Wer nur vom Glück träumt, versäumt die wirklichen Freuden.

Wenn einer Hunger leiden muss, wird er sein Glück in der Nahrungsaufnahme finden.

Ein ja und ein nein sind mein Glück allein.

Alle Glücklichen sind auch wissbegierig.

Einen Widerstand überwinden bedeutet Macht über ihn und das ist Glück.

Das Glück finden wir in der Stille und nicht im Lärm auf den Märkten der Städte.

Du wirst deinem Kind nicht gerecht, wenn du deine Träume in ihm verwirklichen willst. **Du hattest die Chance** deine Träume zu leben.

Ein Kind ist und bleibt immer ein Geschenk Gottes. **Es gehört uns nicht!** Die Wege, die es gehen wird, können ganz anders sein, als wir es uns wünschen und vorstellen.

Eltern wünschen sich immer, dass ihre Kinder ihre Sachen weiterführen, aber Gott sieht es manchmal anders.

Herr, lass mich **stille** sein und deine Wunder sehen!
Ein zu viel oder zu wenig im Leben ist nie gut. Das trifft auf **alle** Lebenslagen zu.

Wir richten unser Sinnen und Streben nach Grundsätzen aus. Der Psalmbeter hatte weiter nichts als Gottes Gebote im Sinn. **Er lebte gut damit.**

Man kann nach der Bergpredigt nicht leben, sagen viele Menschen. Ich hätte ihnen mehr zugetraut. Warum kann man denn nicht danach leben? Es gibt nur eine Antwort: **„Weil man es nicht will!"**

Dort, wo wir nicht wollen, kann es auch kein Gelingen geben, aber daran sind nicht die Gebote schuld, **sondern wir selber.**

Wir können nicht viel dazu tun, dass andere die Gebote Gottes lieben, **aber wir können sie lieben!**
Gott hat uns viel versprochen. Er sagte:
„Ich liebe, die mich auch lieben!"

Ein aufgeräumter Schreibtisch zeigt einen aufgeräumten Charakter.

Auf eines Menschen Wort muss man sich verlassen könne. Wie angenehm sind solche Leute, **die halten, was sie versprechen.**

Weil uns alles zuvor gesagt ist, sind unsere täglichen Entscheidungen **ganz einfach, wir müssen nur tun, was man uns gesagt hat.**

Die Wahrheit setzt niemand herab, der sie sucht, sondern adelt einen jeglichen. Man muss sie erkennen, wo immer sie zu finden ist, sei es in der Vergangenheit oder bei fremden Völkern. **Aber sie ist nur bei Gott zu finden.**

Gott lässt sich nicht spotten. Das wollen die Menschen aber heute nicht mehr hören. Es kann nur einen guten Gott geben, wir können zu ihm kommen, wie wir sind, aber sie vergessen, **dass wir nicht so bleiben können, wie wir sind.**

Böses gibt es jeden Tag und überall. Sich nicht dagegen zu wehren ist eine Forderung aus einer anderen Sicht und Welt. Da wir aber diese Sehensweise Jesu aus einer anderen Welt folgen wollen, **müssen wir tun, was er uns sagt.**

Wenn einer dich um etwas bittet, dann gib es ihm, wenn einer etwas von dir borgen möchte, dann leih es ihm.

Es gibt **keine** Argumente, die den göttlichen Ratschlägen überlegen wären.

Großer Gott, ich danke dir für deine unendlich große Güte, dass ich lieben darf auch alle, die mich beleidigen und **mir weh tun.**

Ein Verlust macht uns immer unglücklich. Der Besitz macht uns nicht halb so glücklich.

Blauer Himmel und bunte Frühlingsfelder machen **selige Tage.**

Zum Glück brauchen wir Freiheit, aber zur Freiheit, brauchen wir **Mut.**

Das einzig wahre Glück auf Erden ist es die Menschen lieben lernen.

Erfreue dich **stillschweigend** an deinem Glück und du wirst es behalten.

Denn ich will dir Genesung bringen
und dich von deinen Wunden heilen.

Jeremia 30,17

Jeder Augenblick ist so schön,
wie man ihn sieht!
Jeder Moment so einzigartig,
wie man ihn empfindet!
Jeder Mensch so wichtig
wie man ihn im Herzen hat!

Wenn uns etwas geglückt ist, werden wir mutig.

Wenn man einen Menschen wirklich liebt, wünscht man sich so sehr, ihn auch glücklich zu sehen.

Ein Mann von Ehre darf seine Überzeugungen **vor niemanden** und unter keinen Umständen verleugnen.

Wenn selbst die erhabensten Geister von Irrtümern befallen sind, so müssen wir darauf hinweisen, wo die Wahrheit zu finden ist, **nämlich bei Gott.**

Ein jeder von uns sollte immer den Stempel **feiner Lebensart** nach außen tragen, so wird man uns auch achten.

Unsere Meinung sollen wir unter allen Umständen und **einem jeden** kundtun!

Manch einer kann keiner Fliege etwas zu leide tun, scheint es. Er begnügt sich aber damit, **Herzen zu brechen.**

Das, was uns einen Wert verleiht, ist die Tatsache, dass wir Gottes Kinder sind.

Auch wenn andere uns mit Verachtung beggnen, müssen wir unsere Würde in Gottes Liebe finden, die sagt: **„Du bist mein geliebtes Kind!"**

Wie fühlt es sich an solche Worte zu hören: **„Du wirst geliebt, du wirst bewundert, du wirst geschätzt."**

Das größte menschliche Bedürfnis ist es mit **Würde** zu leben.

Jeder von uns verdient **würdevolle** Behandlung, egal, was wir getan haben.

Wenn Gott einmal zu uns sagen wird:
" **Gut gemacht, du hast mich in deinem Leben an die erste Stelle gesetzt, dann ist das die würdevollste Anerkennung, die uns je zu teil werden kann.**"

Wir sollen auch unsere Feinde mit Würde und Respekt behandeln.

Auch wenn wir nicht einer Meinung sind, müssen wir uns mit Würde und Respekt begegnen.

Jeder verdient Würde**, jeder!**

Es gibt zwei Kreisläufe, den Verletzungskreislauf und den Heilungskreislauf. Es ist schwer darin zu leben.

Verwundete Menschen, verletzen andere.

Wir stehen nicht besser da, wenn wir andere fertig machen.

Wenn Gott uns heilt, dann können wir ehrlich zu andere sein.

Wir wissen, dass Gott uns wertschätzt und liebt und das macht uns zu einem heilenden Menschen anderen gegenüber.

Wenn wir gefallen sind, kommt Gott und hebt uns auf. Er hebt uns **immer höher.**

Religion soll Menschen aufbauen, sie ermuntern.

Gute Religion soll den Menschen Flügel verleihen, damit sie den Himmel erreichen.

Wenn wir etwas vortäuschen, verlieben sich die anderen in diese

Täuschung. **Wie kommt man da wieder raus?**

Wenn man das Schlechteste von den Menschen annimmt, dann schiebt man sie weg. Nehmen wir aber das Beste an, dann zieht man sie zu sich heran. Das Beste anzunehmen und damit falsch zu liegen ist besser als das Schlechteste anzunehmen und damit Recht zu behalten.

Bedränge niemanden, das müssen wir nicht. Stehen wir immer für das Richtige, für unseren Glauben ein. Man kann mit anderen eine gute intelligente Debatte führen, aber drängen wir niemand. Überlassen wir das Druck machen Gott! **Er kann das besser!**

Der Menschen Stolz hält sie davon ab nach göttlichem Recht zu fragen. Barmherzigkeit kennen sie nicht.

Warum soll Gott ihnen dann Barmherzigkeit zuteil werden lassen?

Gott hat **allen** Menschen seine Herrlichkeit angeboten, sofern sie seine Gebote achten. Es wird ihnen Gutes angeboten, **aber sie wollen es nicht!**

Wenn wir nicht vergeben können, bleiben die Verhältnisse **so wie sie sind.**

Vergeben zu können ist etwas ganz Besonderes, denn es **verändert** unser Leben und macht uns frei und wieder **zufrieden.**

Wir müssen **alle** Menschen lieben, **weil Gott sie auch liebt.**

Wo wir nicht vergeben und uns versöhnen, **ist Gott der Richter** und er wird sein Urteil sprechen.

Meine Aufgabe ist es zu vergeben, **wo immer ich kann und so viel ich kann.** Nur so erweisen wir uns als Kinder unseres Vaters im Himmel.

Wenn wir helfen und Gutes tun, soll dieses im **Verborgenen und in der Stille** geschehen.

Helfen und Gutes tun soll immer **zur Ehre Gottes** geschehen, sich selbst aber als Person ins Licht zu rücken, bringt bei Gott keinen Lohn.

Wer da also predigt zur eigenen Ehre, **wie soll da Gott groß gemacht werden?**

Nutzen wir also unsere Zeit, denn Gutes tun können wir **alle** Tage.

Gott verspricht uns aber einen Lohn, nämlich für die guten Taten, die im Stillen getan werden, wofür es hier und jetzt keinen Lohn gibt. Er verspricht uns unsere Tränen zu trocknen, die im Stillen geweint werden und die da Leid tragen, um den Zustand der Welt, sollen getröstet werden.

Freuen wir uns, wenn unser Tun **Gott gefällt,** denn es hat eine wunderbare Verheißung.

Unsere Bitten bringen wir im Gebet zu Gott, weil wir wissen, er kann und wird sie erfüllen, **wenn es zu unserem Nutzen ist.**

So wie ein Vater die Bitten seines Kindes zur Kenntnis nimmt und sie versucht zu erfüllen, wenn es zum Wohle des Kindes ist, **so handelt auch Gott.**

Das Beten ist eine **heilige** Sache. Wenn ich bete, dann rede ich mit Gott **und er hört mir sogar zu.**

Nicht alle unsere Bitten werden erhört, das will oft nicht in unseren Kopf. Damit müssen wir uns abfinden, denn Gottes Gedanken sind nicht immer unsere Gedanken, aber sie sind viel höher als unsere.

Wenn alle unsere Bitten Erfüllung finden würden, dann wäre das Gebet ein Wunschdenken und alle würden Gott ihre Wünsche vortragen, die er nur noch zu erfüllen braucht. **So aber ist Beten nicht zu verstehen!**

Gottes Gnade erwartet nur der, **der an ihn glaubt.** Er wird sie auch erleben!

Die Menschen behaupten einfach: „**Es gibt keinen Gott!**" Das ist eben ihr Glaube.

Der beste Gottesbeweis ist Jesus Christus selbst, denn er kam in diese Welt und die Menschen konnten ihn **hören, sehen und sogar anfassen.**

Denke immer daran, dass es nur eine wichtige Zeit gibt.

HEUTE

HIER

JETZT

Jesus hat uns alles gesagt, was er von Gott wusste und uns alles gesagt, was Gott von uns will. Wir müssen es nur **nachlesen und annehmen.**

Es gibt aber noch mehr Beweise, dass es einen Gott gibt, denn er hat Himmel und Erde geschaffen und wir selbst sind der beste Beweis, dass Gott existiert. Er hat uns werden lassen bis zum heutigen Tag. **Oder haben wir selbst etwas zu unserem Sein dazutun können?**

Es wird auf **eigene Kraft** gesät, folglich müssen Misserfolge kommen. Bei den Ungläubigen sowieso und bei den Christen kann es nicht anders sein.

Welch eine Erkenntnis: **„Ohne Gott geht gar nichts!"**

Es kann **niemand** sagen, er habe die Wahrheit gefunden, aber Gott nicht. Das ist einfach unmöglich! Ich habe es erlebt.

Es ist nicht jeder in der Lage große Reichtümer zu erlangen, aber reich ist man, **wenn es immer reicht.**

Der eine kommt mit wenig aus und ist sogar zufrieden, der andere aber will immer mehr und ist nie zufrieden.

Ganz besonders reich sind wir, wenn wir Reichtümer bei Gott sammeln, die uns zufrieden sein lassen, auch wenn es immer nur so reicht.

Den inneren Frieden kann uns **niemand** mit Geld bezahlen.

Jesus ist unser Friede, wir müssen nur mit ihm leben und seinem Wort gehorchen. **Aber wer will heute noch gehorchen?**

Wie reich war ich damals **als Kind,** reich wie es Kinder nur sind!

Ein **heiterer** Mensch, egal ob jung oder alt, arm oder reich, es ist ein glücklicher Mensch.

Leise kommt das Glück, wir merken es kaum, **aber wir hören es**, wenn es uns verlässt.

Wenn wir ohne Kummer sind, sind wir glücklich.

Ein großes Glück ist es, wenn wir uns freuen können.

Keine Gesellschaft kann glücklich sein, solange ein großer Teil der Menschen arm und elend ist.

Keiner von uns ist vor seinem Ende glücklich zu preisen.

Gegen die Größe des Herzens ist Reichtum, Ansehen und Macht ein Nichts.

Wenn einer zufrieden ist, ist er auch glücklich.

Wenn wir **mit Liebe** einer Sache folgen, dann treffen wir auch das Glück.

Ohne das Glück der anderen können wir selber nicht glücklich sein.

Kein Pech zu haben, bedeutet Glück!

Von allem Glück, das wir in dieser Welt erlangen können, ist doch **die Liebe** das höchste Glück.

Wenn wir uns unserer Rolle im Leben bewusst werden, ist das ein großes Glück.

Nur mit leichtem Gepäck ist man ein glücklicher Reisender.

Nicht an Vergängliches hänge dein Herz. Im Glück musst du lernen den Schmerz.

Aus der Erinnerung der Menschen fallen wir leicht, hat das Unglück uns erreicht.

Der glückliche braucht keine Uhr!

Das Glück kommt einfach so, sind wir gelassen und froh.

Der Glückliche sieht zu, wie die Zeit für ihn arbeitet.

Im Reich der Gedanken sind wir glücklicher als im Reich der Wirklichkeit.

Erst wenn das Sehen der Augen abnimmt, wissen wir, wie wertvoll gesunde Augen sind.

Es ist ein **schlechter** Rat, nicht alles zu lesen, was es gibt. Gott sagt: **„Prüfe alles und das Gute behalte!"**

Richtiges Denken lässt das Herz mitreden!

Das gute Wort, eine kleine gute Tat, ein liebender Gedanke, ein friedliches Herz sind **ewige** Schätze, die uns in den Himmel begleiten werden. Wir sollten unsere ganze Kraft dafür verwenden.

Der liebe Gott sieht alles und **niemand** wird ungesühnt davon kommen.

Es steht uns einfach nicht zu, andere zu verurteilen, weil wir selbst **nicht besser** sind.

Wir können nicht sagen: „Die Gottesdienste brauche ich nicht, ich weiß schon allein, was ich zu tun habe. Ich brauche keine Kirche, die ist heute nicht mehr modern. Es werden sowieso immer weniger, die dort hingehen. Die Predigt spricht mich nicht an!" **Wie könnte da eine Bitte erhört werden?**

Wenn wir also Gebetserhörungen suchen, **hier sind sie:** Wenn wir gesund sind, wenn wir Arbeit haben, wenn wir Freunde haben, wenn wir genügend Kleingeld haben usw.usw.

Wenn es also immer reicht, dann sollten wir dankbar sein auf Gottes gute Gaben mit unserem **Gehorsam** zu antworten.

Wenn wir aber Mangel leiden, obwohl wir gebetet haben, dann sollten wir darüber **nachdenken, was wir anders machen müssen.**

Die mit uns fühlen und empfinden, sind Menschen, die uns glücklich machen.

Glück wird vermehrt, wie bei Jesus das Brot. Je mehr wir davon abgeben, je mehr wird es, das ist Glück.

Niemand wird verpflichtet glücklich zu sein!

Niemand wird in den Himmel gezwungen!

Wohin sollen wir gehen? Auf **keinen** Fall fort von den Lehren Christi, von seinem Beispiel der Liebe und Gnade Gottes.

Wer **nahe** bei Jesus lebt, der wird vieles vom Geheimnis der Gottseligkeit verstehen.

Gottes Wort gefunden zu haben und danach zu tun, wird uns für alle Ewigkeit in Gottes Herrlichkeit, bei unserem Vater im Licht, **glücklich** sein lassen.

Wer ohne Beziehung zu Gott unterwegs ist, muss erleben, dass er in die Irre gegangen ist.

Die Wahrheit ist den Menschen **nicht** willkommen. Lob und Schmeichelei würde ihnen aber zusagen.

Wenn den Menschen die Wahrheit entgegengebracht wird, so erkennen sie, dass ihr Leben nicht mit dem Willen Gottes übereinstimmt. Sie begreifen zwar, dass sie sich von Grund auf ändern müssen, **sind aber nicht bereit dazu.**

Die Menschen ärgern sich, wenn ihre Sünden aufgedeckt werden. **Beleidigt** wenden sie sich ab, wie damals die Jünger und sagen: „Das ist eine harte Rede, wer kann sie verstehen?"

Sobald Gott die Menschen auffordert ihre Sünden abzulegen, kehren sie der Wahrheit den Rücken und folgen Jesus nicht mehr nach.

Wenn du ein Kind erziehen willst, dann sei **gut** zu ihm, erzeuge Vertrauen, indem du selbst gut bist.

Die Erziehung eines Kindes verlangt **viel Geduld** und noch mehr Beispiel und Vorbild.

Alle Lehren der Klugheit, selbst die Macht der Liebe, bleiben unfruchtbar, wenn ihr nicht das **Beispiel** als Grundlage dient.

Gute Gedanken
verleihen uns jene Kraft,
die wir brauchen,
um schlechte Tage
besser zu überstehen.

Wie sollen Kinder Gutes tun, wenn es ihnen nicht beispielhaft vorgelebt wird?

In einem Haus wohnen, wo der liebe Gott nicht nur bei den Gebetsstunden, sondern auch im Alltag gepriesen, verehrt, geliebt wird, **da ist`s gut wohnen.**

Unser Glaube lebt nicht von klugen ausgedachten Worten, Verboten und Geboten, sondern von der Liebe Gottes, die wir **jeden Tag** erleben und erfahren können.

Bleiben wir zusammen, weil wir spüren, das Verbindende ist wichtiger als das Trennende.

Nur einem Menschen, der in heiliger Furcht des Herrn, in Gottesfurcht, eingeübt ist, wird stets zu Gott aufschauen und seinen Willen nie aus den Augen lassen. Diesem ist die Macht gegeben, auch im täglichen

Leben jene Heiligkeit einzuführen, die Jesus von seinen Jüngern fordert.

Eine religiöse Familie ist eine Familie, in der die **Liebe** lebendig ist.

In **jeder** Kinderstube sind Gehorsam und Wahrhaftigkeit das erste Gebot.

Wenn die Hände, die sich vor dem Herrn gefaltet haben, nach vollendeter Andacht an die Arbeit gehen, so ist es der Nachhall der Andacht, der sie zur Arbeit begleitet und der Segen Gottes, der mit ihnen zieht.

Was sollen wir tun, um den Himmel zu verdienen?

Welchen Preis müssen wir zahlen, um das künftige Leben zu bekommen?

Der Preis des Himmels ist die Annahme Jesu!

Der Unglaube findet für den Zweifel immer einen Grund und **diskutiert** den sichersten Beweis hinweg.

Niemand brauchte in hoffnungslosem Leid über seine Toten trauern. Denn das ist der Wille Gottes, dass, wer den Sohn sieht und glaubt an ihn, das ewige Leben habe, und ich werde ihn auferwecken am Jüngsten Tage.

Joh. 6.40

Ein rein theoretisches Wissen wird uns nichts nützen. Wir müssen vielmehr von Jesus leben, ihn in **unser Herz** aufnehmen, damit sein Leben unser Leben wird.

Bist du ein Nachfolger Jesu? Wenn ja, **dann ist alles,** was über das geistige Leben geschrieben steht, für dich geschrieben!

Wie unser Körper durch Nahrung am Leben erhalten wird, so unser geistliches Leben durch Gottes Wort.

So wie wir selbst essen müssen, um ernährt zu werden, so müssen wir uns auch Gottes Wort selbst aneignen. Wir sollen es nicht nur durch die Vermittlung anderer Menschen empfangen, sondern sorgfältig die Bibel studieren **und Gott um Hilfe anflehen, damit wir sein Wort auch verstehen.**

Das Wort Gottes **im Herzen** formt die Gedanken und gestaltet die Charakterentwicklung.

Schauen wir mit Augen des Glaubens beständig auf Jesus, **dann werden wir stark.**

Alle, die sich mit dem Wort Gottes nähren, **merken bald,** dass es Geist und Leben ist.

Wer will schon im Elend leben? Hunger, Arbeitslosigkeit, Krankheit usw. Es gibt aber noch ein anderes Elend. Im Elend leben wir, wenn wir nicht wissen, **wo unsere Ziele im Leben sind.**

Es gibt nur **einen** Weg, nämlich den der Wahrheit!

Es gibt Menschen, die sagen: **"Wahrheit als solche gibt es nicht!"** Was ist das für ein Unsinn! Warum soll es denn keine Wahrheit geben? Wir müssen nur nach ihr **suchen!** Wenn wir aber schon von vornherein sagen, es gibt sie nicht, **wie wollen wir sie dann finden?** So ist es auch mit der Behauptung: „**Es gibt keinen Gott!" Wie wollen wir ihn dann finden?**

Wir **müssen** die Wahrheit lieben und suchen, dann werden wir erleben, wie schön das Leben sein wird.

Ein guter Rat von Jesus: **„Behandelt die Menschen so, wie ihr selbst von ihnen behandelt werden wollt."**
Matth. 7.12

Wenn wir uns aber einen guten Rat nicht annehmen und sagen: das spricht mich nicht an, das sind alte Ratschläge von gestern, dann brauchen wir uns nicht wundern, **wenn es uns nicht so gut geht.**

Jesus hat uns **nicht** versprochen, dass wir ohne Mühen ins Himmelreich kommen werden!

Wir wollen selbstverständlich von jedermann zuvorkommend behandelt werden, also mit welchem Recht sollen wir dann anders unserem Nächsten begegnen **als ebenfalls höflich!**

Es erfüllt mich einfach mit großer Dankbarkeit, dass ich durch`s hören auf Gottes Wort die Erfüllung seiner Verheißungen **erleben darf.**

Leider ist der Alltag nicht immer so einfach mit seiner Ellbogenmentalität und kann uns schon zu schaffen machen. Das bedeutet aber nicht, dass wir **ebenso** handeln müssen, um vorwärts zu kommen.

Ich habe es selbst erlebt, dass man mit Höflichkeit und Sachlichkeit durchs Leben kommen kann, weil ich mich an die Versprechungen, die Jesus gemacht hat, **gehalten habe.**

Niemand, der den Weg der Wahrheit geht, muss Angst haben, dass er das nicht schaffen kann, denn Gott selbst hat es uns versprochen, dass er uns mit seinem Auge leiten will auf dem Weg zur herrlichen Heimat.

Immer wenn ich mein Navigationsgerät im Auto einschalte, denke ich daran, wie viel Technik und Verstand der Mensch schon aufgebracht hat, nur um uns sicher an ein Ziel zu bringen. Was also der Mensch kann, **wird Gott viel besser** mit seinem Auge können, wenn er uns in seine Herrlichkeit bringen will.

Wenn ich nicht auf Gott hören will, **kann er mich auch nicht leiten!**

Wir können ganz einfach die falschen Propheten von den wahren unterscheiden. Die guten Früchte von den wahren Propheten sind ihre zusammenführenden Kräfte. **Sie spalten nicht,** sie führen zusammen. Sie bringen den Frieden, den sie in sich tragen, ein Frieden **von Gott** gegeben. Ihre Wahrheitsliebe führt uns zu Gott und sein Wort.

Die falschen Propheten führen nicht zusammen, **sie spalten**. Sie bringen

nicht den Frieden von Gott, ihre Wahrheitsliebe ist vorgetäuscht.
Wer also die Bibel nicht versteht, sollte sich **weiterbilden,** indem er das Buch der Bücher immer und immer wieder liest, bis er es verstanden hat. So muss man es auch mit **jedem** Buch machen, was man nicht versteht.

Nichts macht uns glücklicher als Glück **weiter zu schenken!**

Nichts kann uns glücklicher machen, als in Gottes herrlicher Natur zu lesen und zu erkennen, was er uns zeigt in seiner Schöpfung. Dabei erwerben wir Kenntnisse die nicht nur unseren Geist bilden, **sondern auch unser Herz.**

Fröhliche Menschen sind auch glückliche Menschen!

Unglück macht uns traurig, nur Glück aber froh.

Im Glück erkennen wir unsere wahren Freunde, **denn sie gönnen es uns, wenn wir uns freuen.**

Kräfte in sich selbst zu finden, die man sich nicht zugetraut hat, **machen uns glücklich.**

Nicht mit dem Kopf, sondern mit dem **Herzen** erleben wir das Glück.

Das Glück hört nie auf, solange man **geliebt** wird.

In unseren Träumen können wir fliegen, nämlich dem Glück hinterher.

Das Glück folgt immer dem Tüchtigen.

Das Unglück kommt nie allein, nur das Glück.

Das Glück kann man auch nicht mit den Ellenbogen erreichen.

Das Glück muss man **immer** und jeden Tag erwarten.

In ein Haus voll guter Laune, tritt auch gern das Glück herein.

Mit jedem Entschluss, den du fasst, hast du einen **Glückstag** erreicht.

Ein **unzufriedener** Mensch ist traurig, trotz seines Reichtums.

Aber ein **zufriedener** Mensch, trotz seiner Armut, ist ein glücklicher Mensch.

Es gibt Menschen, die wohl ihr eigenes Unglück ertragen, aber nicht das Glück der anderen.

Zum Glück brauchen wir Gelassenheit.

Manchmal brauchen wir Glück, aber Arbeit brauchen wir immer.

Nicht nur im Spiel, sondern auch in der Liebe, brauchen wir Glück.

Oft spüren wir nicht unser Glück, aber das Unglück immer.

Ohne Freunde gibt es kein Glück.

Glück ist uns immer willkommen.

Glück können wir finden, aber nur schwer behalten.

Für alles Glück sollten wir dankbar sein.

Was ich nicht habe, **das brauche ich auch nicht.**

Im Glück und im Unglück wird der wahre Mensch erkannt.

Jammern wir nicht über Unglück, das uns noch nicht erreicht hat.

Wenn Menschen durch die Wahrheit mit besonderer Kraft erfasst werden, dann schickt Satan seine Helfer los, einen Streit über Kleinigkeiten vom Zaun zu brechen, **um so von der Wahrheit abzulenken.**

Die wichtigsten Fragen für uns sind:
**"Habe ich den rettenden Glauben an den Sohn Gottes?
Lebe ich mein Leben in Übereinstimmung mit dem Gesetz Gottes?"**

Die Lehre Jesu war eine Anklage gegen das Pharisäertum.
Gegen wen richtet er **heute** seine Anklage?

Die böse Tat, das böse Wort, der schlechte Gedanke, **jede** Übertretung des Gesetzes Gottes, schadet unserer Seele.

Die Menschen halten an ihren Übertretungen fest, verehren ihre selbstgemachten Regeln und Gewohnheiten und hassen **alle,** die ihnen ihren Irrtum versuchen zu beweisen.

Gott aber lehrt uns, an Stelle der Autorität der sogenannten Kirchenväter, das Wort des ewigen Vaters des Herrn des Himmels und der Erde, **anzunehmen.**

Das Familienleben bedeutet höchstes Glück und alle Freude finden wir in ihr.

Das Vermächtnis der Familie ist das Beste, was der Mensch zeitlebens in seinem Herzen trägt. Hier lernte er gehen, das erste Wort sprechen und erlebte das erste Lächeln als Kind. Auch wurden hier die ersten Tränen geweint und getrocknet. Aus diesem Boden saugt er seine Lebenskraft und **diese wurzelt tief in ihm.**

Weil es das Erste und das Letzte im Leben ist, wonach der Mensch seine Hand ausstreckt und das Kostbarste im Leben, was er besitzt, seine Familie, auch wenn er es nicht achtet, sollte er sie **nicht** vergessen, hier sind seine Wurzeln.

Wer die Bestimmung einer Sache nicht richtig, nicht vollständig erfasst, wird ihr **nie** ihr gebührendes Recht antun.

Weil so viele Menschen die rechte Bestimmung der Dinge, die sie in Händen haben, **nicht kennen**, deshalb richten sie so entsetzlich viel Unheil an.

Die Familie findet ihren Ursprung in Gott. Sie ist ein Urgesetz Gottes. Gott hat eben die Erde nicht für einen einzelnen Menschen geschaffen. Deshalb ist die Ehelosigkeit nicht von Gott gewollt. Zum Glück braucht es mindestens **zwei.**

Mann und Frau sollten beide eine volle Harmonie im Glauben sein, in einer Hoffnung, einer Liebe, so dass beide auf der ganzen Welt nichts Höheres, Teureres, Liebenswürdigeres haben als den anderen, **zusammen aber als höchstes Ziel ihren göttlichen Vater.**

Gott hat Mann und Frau nicht nur zur Ehe geschaffen, sondern von Anfang an ihren Bund zur Familie **bestimmt.**

Ehe und Familie bilden für jeden Menschen die wichtigste, die erreichbarste und die segensreichste Aufgabe.

Ohne Liebe und Religion entbehrt die Familie ihr vollkommenes Glück.

Ohne Religion und Liebe, wird die Familie leicht eine Hölle schon auf Erden.
Ein irdisches Paradies aber ist ihr Ziel. Die Liebe ist das Fundament der Familie, denn ohne sie kann keine Ehe und Familie bestehen.

Der Mensch, der aus Liebe zur Liebe geschaffen wurde, soll seine Liebe in der Ehe und in der Familie zur Entfaltung bringen.

Die Liebe ist der Odem des Menschen von dem er lebt. Sie durchwärmt und durchstrahlt das Familienleben und bindet sie mit einem Band, das durch die Tiefe ihrer Herzen geschlungen wurde.

Ehen, die nur wegen materieller Interessen geschlossen werden, sind **keine** Ehen, im göttlichen Sinne.

*Glaube niemals,
dass du das Leben
eines Menschen
kennst,
denn du weißt
nur das,
was derjenige
dich wissen lässt.*

Wenn sich zwei Menschen zusammenfinden, tauschen sie nicht ihre Güter und führen ihren Besitz zusammen, sondern das Wertvollste, **sich selbst.**

Eine Ehe ohne Liebe ist etwas Erbärmliches, etwas Schmachvolles, etwas Niederträchtiges für den Menschen.

Viele Ehen beginnen mit viel Liebesmusik, aber scheitern sehr bald und viel zu oft, weil **es keine wahre** Liebe war.

Die Liebe in der Familie muss ihren Ursprung vom Himmel haben, muss zum Himmel zielen, nach dem Himmel streben. **Dann hat sie auch Bestand.**

Die Liebe kommt aus Gott, denn Gott ist die Liebe. Und so viel der Mensch Gottes Ebenbild in sich trägt, **liebt er.**

Die von Gott geheiligte Liebe bringt Ruhe, Glück und Frieden. Sie wohnt **nicht nur** in unseren fünf Sinnen. **Im Herzen** werden die Fäden der Liebe gesponnen, nicht in unserem Verstand.

Nicht wie alt man ist, um eine Ehe zu schließen und eine Familie zu gründen, sondern, dass man alt genug ist, **muss man beachten.**

Das Glück einer Ehe und Familie hängt weniger von der Vermögensfrage ab, sondern mehr davon, wie sich die Menschen ihren Besitz gegenüber verhalten, ob stolz, aufgeblasen und gewinnsüchtig oder bescheiden, zufrieden, genügsam und wohltätig.

Liebe macht blind. Das haben wir alle gesehen und auch erlebt. Ein verständiger Rat kommt da **nicht mehr**

an, und wenn er von unserem Herrgott käme.

Ein nicht religiöser und liebloser Mann will nicht Gottes Ebenbild sein in der Familie, er setzt sich als herrschender Gott ins Haus, **er dient nicht, sondern er lässt sich bedienen.**

Die Frau ist das Herz der Familie. Ihr Leben, Walten ist im Hause besonders den Kindern gegenüber, **das Walten der göttlichen Liebe.**

Das gibt **keine Harmonie**, wenn der eine sich anstrengt, wie ein Engel zu singen, und der andere lärmt wie ein Ochse.

Gottes Wort steht fest gegründet **in der Wahrheit** und **niemand** kann etwas anderes dagegen setzen, außer die Lüge und das tut Satan gern. Ihm wollen wir aber nicht zuhören, denn es wäre die falsche Richtung.

In jedem Gottesdienst will Gott zu uns reden und wir sollen ihm zuhören, wie es sich gebührt **einem Gott zuzuhören.**

Wenn das Glück kommt, darf man es mit ganzem Herzen **annehmen** und auch nicht bescheiden sein.

Ein Mensch kann **nicht immer** glücklich sein, so wie eine Blume auch nicht immer blühen kann.

Keiner ist so glücklich, das er sich nicht doch noch was wünschen kann.

Wann sind wir am glücklichsten? Wenn man unseren Worten die rechte Anerkennung schenkt und uns mit **Würde** begegnet.

Wenn wir morgens aufstehen und uns nichts weh tut, **dann ist das Glück.**

Geistige Nahrung gibt es im Überfluss und wir müssen sehr **genau prüfen,** was wir uns zu Eigen machen.

Was wir an Worten über unsere Lippen bringen, bestimmt die Meinung der Menschen über uns. Es bringt unseren Charakter zum Ausdruck.

Es ist wichtig unsere Gedanken zu kontrollieren, bevor sie aus unserem Munde kommen.

Die Wahrheit ist nicht immer süß, aber nur für den, **der sie nicht hören will.**

Die Wahrheit wollen die Menschen nicht so gern hören, darum machen sie sich ihre eigene zurecht, und das ist die **falsche** Richtung.

Was aber der eine für wahr hält, muss der andere nicht dafür halten. Das ist aber **völlig falsch** argumentiert.

Das Wort Gottes ist unser Lebenslicht und will uns führen auf dem Weg zur himmlischen Heimat.

So wie das Licht einer kleinen Taschenlampe unseres Fußes Leuchte sein kann, so will auch das Wort Gottes ein Licht auf unserem Wege sein und unseres Fußes Leuchte.

Lichte und helle Gedanken sind **immer** gut für unseren Lebenswandel.

Wer hier auf Erden nichts von Gott wissen wollte, wie soll er dann dort in der Ewigkeit Gott treffen können?

Ein leuchtendes Gesicht sagt doch etwas aus, sowie auch ein finsterer Blick.

Wir wissen, dass man ein Haus auf einen festen Grund bauen muss. Es wäre unklug anders zu handeln. Das Haus würde nicht halten. Das haben wir verstanden. Nur ein Dummkopf wird anders handeln.

Die Ablehnung Gottes und seines Wortes, des Lichtes aus der Ewigkeit haben schlimme Folgen für unser Leben.

Nur wer auf sich selbst baut und nicht auf den hört, der ihn geschaffen hat, der ihn hat werden lassen, der hat auf Sand gebaut. Die Ernte wird entsprechend sein.

Wer da glaubt, wird erleben und sehen können, was getan wird, wenn Jesus befiehlt. Kranke wurden gesund, Tote wurden auferweckt, wer wollte das leugnen? Das Ergebnis von Jesu Kraft und Macht muss uns glauben lassen, **weil wir sehen, was er tut.**

Wenn wir im Frühling die Natur betrachten, wo alles wieder zu neuem Leben erwacht, da müssen wir den

Schöpfer loben und preisen, weil wir seine Werke sehen. **Das ist keine Phantasie, sondern Realität,** die man nicht leugnen kann. Und trotzdem tun es so viele Menschen.

Der Mensch kann viel, er macht Fürsten und Könige, aber würde zuvor Gott nicht den Menschen gemacht haben, **könnte kein König gemacht werden.**

Allein die Erkenntnis, dass der Mensch Gottes Taten in der Schöpfung nicht nachmachen kann, sollte uns demütig und dankbar werden lassen. Alles andere ist Gott zu widerstehen und wird uns keine Seligkeit bringen und schon gar **keine Seelenruhe.**

Wer heute nicht an Engel glaubt, ist zwar ganz modern. **Aber er wird sie auch nicht erleben.**

Wo es auch immer sein mag, verbindet sich das Böse mit dem Bösen, um das Gute zu zerstören. **Machen wir unsere Augen auf!**

Wir brauchen keine Erleuchtung unseres Verstandes, sondern eine Erneuerung **unserer Herzen.**

Jesu Wunder waren Zeichen seiner Gottheit, aber die Pharisäer sahen diese Werke der Barmherzigkeit als ein Ärgernis, **bis heute.**

Gerade das, was die Juden dazu brachte Jesus zu bekämpfen, weil er zum Segen Wunder für alle getan hat **zeigt,** dass sie das Böse in sich trugen und das Gute zerstören wollten.

Der beste Beweis, dass Jesus von Gott gesandt war, lag darin, dass sein ganzes Leben Gott offenbarte. Er tat Gottes Werke und sprach dessen

Worte. Ein solches Leben ist das größte Wunder, das wir sehen können.

Jedes Mal, wenn ein Mensch sich bekehrt, Gott lieben lernt und seine Gebote hält, erfüllt sich die Verheißung Gottes: **„Ich will euch ein neues Herz und einen neuen Geist in euch geben."** Hesekiel 36.26

Die Veränderung im menschlichen Herzen, die Umwandlung seines Charakters ist ein Wunder, das einen lebendigen Heiland und Gott offenbart, **der wirkt auch noch heute.**

Ein konsequentes Leben in Christus ist ein großes Wunder.

Einem Ungläubigen könnte ein Zeichen, das im Himmel oder auf Erden gegeben würde, **nie** etwas nützen.

Das Reifwerden eines Christen
ist im Grund
ein Dankbarwerden.

Friedrich von Bodelschwingh

Hüten wir uns vor dem Wandel der Pharisäer, denn es ist reine Heuchelei und Scheinheiligkeit.

Eine **selbstsüchtige** Gesinnung führt zu Verderbnis und Verfall und zieht Verunreinigung und den Untergang der Seele nach sich.

Die Religion Christi ist **Aufrichtigkeit!**

Allein Gottes Macht kann Selbstsucht und Heuchelei verbannen. Wenn unser Glaube, den wir angenommen haben, die Selbstsucht auf allen äußeren Schein vernichtet, wenn er uns dahin führt, die Herrlichkeit Gottes und nicht unsere eigene zu suchen, dann können wir sicher sein, dass unser Glaube **von rechter Art ist.**

Jesus mahnt uns so zu leben, wie er gelebt hat.

Ich weiß nicht, ob für die Religion noch Hoffnung übrig ist, wenn diese in der Familie nicht mehr vorhanden ist. **Nur dort** hat sie ihren Nährboden als eine kostbare Gottesgabe.

Die Rettung der Menschen und ihrer Seelen beginnt **in der Familie**. Alle Bemühungen woanders zu suchen führen zu nichts.

Nicht auf dem Markt der Möglichkeiten, in Volksversammlungen, nicht in den Hörsälen der Universitäten, nicht beim Militär, nicht in der öffentlichen Debatte irgendeines Diskutierklubs und am allerwenigsten in der Hetz- und Treibjagd der Presse, sondern **nur in der Familie** finden wir das Fundament, das Gott gelegt hat.

Das Familienleben ist wichtiger als alles, was es sonst noch gibt!

Das gesellschaftliche Elend kann nur durch **gesunde** Familien überwunden werden.

Es wird nichts Tüchtiges und Großes zustande kommen, wenn die Familie nicht die Keime zum Großen und Tüchtigen erzeugen und pflegen wird.

Von Liebe lebt die Welt, nur nicht vom Hass.

Die Religion bringt eine sittliche Verpflichtung zum guten Leben, zum guten Familienleben. Darum beginnt Würde und Verantwortung mit Religion **in der Familie.**

Die Familie haucht ihren Geist, ihr geistiges Selbst in die Seinen. Deshalb liegt in der Familie eine große innere Macht, **die religiös sein muss.**

Die Grundbedingung einer **guten** Familie ist, dass sie Religion habe und umso besser wird die Familie sein, als ihre Religion sich tiefer und inhaltsreich erweist.

Von der religiösen Sendung her wird die Familie zunächst Träger der Autorität. Diese Autorität zeigt sich **im Gehorsam** Gott gegenüber.

Das Gesetz Gottes wird zum Gebot der Familie und endet im Abglanz der Liebe Gottes, welches jedes Familienmitglied gerne im Gehorsam auszuführen bemüht ist.

Eigensinn der Kinder sind nicht selten Folgen **falscher** Liebe und Erziehung in der Familie. Den Kindern muss klar sein, dass das Einhalten der Gebote Gottes **unser Leben prägen.**

Ein Mensch ohne Religion steht dem Leben mutlos gegenüber, denn die Religion schließt in ihrem Ziel **den Mut zum Kreuze in sich.**

Ein Mann, der so gerne die Erziehungsaufgabe seiner Frau überlässt, am Abend nur Ruhe und Freude genießen will, bringt **ein Übel** in die Familie, welches sich an seinen Kindern und Kindeskindern rächen wird.
Ein solcher Mann mag in seinem Beruf noch so großes leisten, aber seine Hauptaufgabe in der Familie **hat er versäumt.**

Geistige Erbschaften in einer Familie sind viel wichtiger als irdische Güter.

Gott als Schöpfer der Menschen ist auch erster und wichtigster **Erzieher.**

Das Wesen einer Frau, ihr tiefstes Sein muss **religiöser Art** sein. Es gibt nichts Schlimmeres als eine Frau ohne Religion.

Je mehr Religion eine Frau hat, desto besser ist ihr Herz und **je mehr Herz** eine Frau hat, desto näher kommt sie dem Ideal einer Mutter.

Eine herzlose Mutter ist ein Widerspruch in sich selbst. Durch ihr Herz wird die Mutter Mittelpunkt der Familie. Ihre Aufgabe in der Familie ist also wesentlich eine Aufgabe des Herzens.

Die Mutter ist die Quelle des religiösen Lebens und der Frömmigkeit in der Familie.

Die Religion der Frau soll sein wie die Sonne, die gar keine Geräusche macht und doch in ihrer ruhigen Klarheit **alles erfreut, belebt und erquickt.**

Das Kind empfängt von Natur aus von der frommen Mutter fromme Gefühle.

Wahrhaft fromme Mütter pflanzen daher in ihren Kindern einen frommen

Zug, den sie **selten** im Leben verlieren.

Die Aufgabe der Mutter ist weiter nichts **als Liebe zu geben.**

Die **sorgende** Mutterliebe macht auch die ärmste Familie reich, und wo sie fehlt, da ist die reichste Familie arm.

Wie der Mensch tiefe Wurzeln in der Familie schlägt, so schlägt die Familie **in der Heimat** ihre Wurzeln.

Es gibt eigentlich **keinen** Fleck auf Erden, der die Heimat zu ersetzen imstande ist.

Es gibt **keine** Stätte mit größerem Segen als jene, wo die Mutter zuerst die Händchen des Kindes zum Gebet gefaltet und mit ihren treuen Augen den Weg zum Himmel gewiesen hat, damit das Kinderherz diese Fährte **nie verliere!**

Keinen Ort auf der Welt gibt es, wo dem Menschen so reiche und reine Liebe geboten wurde, so sorgsame Augen über ihn wachten, liebevolle Hände für ihn sorgten, **als in der Heimat.**

In der Heimat wurde das Fundament für unser Menschenherz gelegt, das für unsere Zukunft wichtig ist. **Daheim,** das tiefsinnigste Wort, das wir kennen.

Die Familie ist an die Heimat gebunden durch Haus und Hof, durch Brauch und Sitte, durch Sprache und Nachbarschaft. Wer das ändern will, raubt der Familie den Heimatgedanken und deshalb ist der Verlust der Heimat **so schmerzhaft.**

Wo sind noch die alten Familienfeste, die eine ganze Familie bis ins vierte, fünfte Glied zusammenrufen und die lockeren Bande aufs Neue festigen.

Jesus,

an dich glaube ich,

bis ich dich sehe.

Auf dich hoffe ich,

bis ich daheim

bei dir bin.

Dich liebe ich,

bis ich

dein Angesicht schaue

und im Schauen

dich ewig liebe.

                Johann Michael Sailer

Die gemeinsame Sprache wie auch das gemeinsame Schicksal binden die Familie und die Nachbarschaft mit einem heimatlichen Band zusammen.

In der Stadt kennt oft der Nachbar den Nachbarn nicht, es sind sich oft die Bewohner desselben Hauses fremd.

Nicht die anspruchsvolle Gestaltung und prachtvolle Ausstattung der Wohnräume sind die Behaglichkeit des Familienlebens, sondern liebevolle Kleinigkeiten, die Herz und Gemüt ansprechen.

Das Heim der Familie wird wertvoll, **wenn** Ordnung und Familienfriede und Gemütlichkeit zu spüren sind.

In einem ungepflegten Heim können nur ungepflegte Menschen heranwachsen.

Eine anständige Wohnung ist ein Spiegelbild der anständigen Familie, die in ihr wohnt.

Das Geheimnis, das ein Heim so recht gemütlich macht, ist der **Familienfrieden.**

In der ärmsten Hütte, das ein Heim so recht gemütlich macht, ist der Familienfrieden das Fundament.

In der ärmsten Hütte auf Erden, kann ein Stück vom Himmel sein, denn da **wo die Liebe wohnt, da ist der Himmel.**

Glücklich der Mensch, der je auf dieser armen Erde von diesem Himmelsfrieden in der Familie gekostet hat. Der Geschmack davon wird **nie** aus seinem Herzen weichen.

Alles, was man genießen konnte oder erleiden musste, kann man vergessen, aber die Freude eines gottesfürchtigen Familienlebens, **nie!**

Wer viel Gnade in seinem Leben empfangen hat, der wird anderen **gnädig** begegnen.

So wie wir die Welt betrachten, bestimmen wir auch, welche Freude wir an ihr haben.

Sind wir bereit Gottes Licht in die Welt zu tragen?

Wir sind ein Licht für die Welt: Wir schämen uns nicht für die gute Nachricht, wir haben keine Angst davor zu sagen, was wir glauben, wir sind Menschen, die leidenden Menschen zu Hilfe kommen, wir beten für die Not anderer, wir haben von unserem Glauben erzählt, wo immer es möglich war, wir haben die Tatsache nicht verschwiegen, dass Gott der Retter in unserem Leben ist, wir haben die Worte Jesu zu Herzen genommen. Wir bezeugen Gottes Güte zu uns und sind ein helles scheinendes Licht in einer verletzten Welt, **die geistlich sehr finster geworden ist.**

Je dunkler und finsterer es in der Welt wird, **umso mehr** müssen wir leuchten für andere.

Der Geist Gottes ist in unserem Körper, das müssen **alle** sehen, weil er in uns brennt und wie eine Flamme leuchtet.

Wir haben **die Macht** Ruhe und Frieden in die Welt hineinzutragen durch den Geist Gottes, der in uns wohnt.

Weil wir das Licht der Welt sind, sollen wir mit unserem Bekenntnis die Welt **verändern.**

Wir sind **nicht** dafür bestimmt in der Masse unterzugehen. Wir sollen lieben, wir sollen sanft sein, wir sollen freundlich sein, wir sollen Zuhörer sein. Wir sollen Veränderer sein durch unseren Lebenswandel.

Gottes Gebote sind **nicht verhandelbar.** Das müssen wir der Welt bekennen.

Indem wir Gott ehren zeigen wir allen Menschen, wer wir sind, nämlich **seine Kinder.**

Wir sagen nicht, dass die Menschen schlecht sind, wir sagen aber, dass wir den Geboten Gottes folgen müssen **und nicht unseren eigenen.**

Manchmal fühlen auch wir uns vergessen, aber Gott lässt seine Kinder **nicht allein**. Das Licht, das in uns scheint, ist der Geist Gottes und der Herzschlag Gottes höchst persönlich.

Der Himmel ist in uns, weil wir treu für Gott gelebt haben. Gott sieht das alles und weiß es zu schätzen. Wir fallen auf, weil wir für Gott eintreten.

Wir wollen mit unserem Bekenntnis **niemanden** beleidigen und verletzen, aber es ist **unsere Pflicht** allen zu sagen, was wir von Gott erfahren haben.

Wir müssen Frieden, Ermutigung und Licht in jeden Raum bringen, den wir betreten. **Nur so bringen wir tatsächlich den Himmel mit.**

Die Menschen müssen das **fühlen,** was in uns lebt.

Wir fallen zwar mit unserem Bekenntnis auf, aber davor brauchen wir **keine** Angst zu haben.

Wenn die Menschen uns als Außenseiter betrachten und sich von uns fern halten, weil wir für andere beten, dann haben **nicht wir,** sondern sie ein Problem.

Wenn wir Gott an die erste Stelle in unserem Leben setzen, wird **alles** zu unserem Besten sein.

Wir sollen uns keine Sorgen machen, was die Menschen über uns denken, aber wir sollten uns davor hüten, Gott **zu beleidigen.**

Lassen wir unser Licht **heute** brennen!

Wenn das Glück bei uns anklopft, sollten wir **herein** sagen.

Am schönsten ist es **zu Hause**, denn da ist unser Glück.

Wenn einer hochmütig wird, den verlässt das Glück.

Hochmut und Glück haben nebeneinander **keinen** Bestand.

Wenn wir das Glück nicht suchen, können wir es auch nicht finden. **So ist es auch mit Gott.**

Das Glück holen wir **nie** ein, wenn wir ihm hinterher laufen. Wir müssen ihm **entgegengehen.**

Wenn wir uns über das Glück der anderen freuen, sind wir auch **selber** glücklich.

Wenn wir das Glück nicht suchen, werden wir es **versäumen.**

Wenn du dich deines Glückes **alleine** freust, wirst du immer unbeneidet sein.

Ein schöner blauer Himmel ist mir kein leerer Raum. **Gott ist mein schönster Traum.**

Selig ist dein Leben, wenn dir` s und anderen Freude macht.

Von Herzen gern geben und vergeben, das nenne ich Glück.

Eine Seele, die dich **wirklich liebt** und dir Freundschaft geben kann, das ist Glück.

Die Familie ist das Fundament unseres Lebens und wird es **immer** bleiben.

Was der Mensch daheim geworden ist, was er daheim empfangen hat, das gibt er gerne draußen **weiter.**

In der Familie wird das Schicksal des Menschen **begründet.**

Anstatt die Menschen „familienartiger, familiengerechter" werden, weichen sie mehr und mehr **auseinander,** fliehen geradezu das Familienleben.

Gebet

HERR, gib uns Augen,
die den Nachbarn sehen,
Ohren, die ihn hören
und ihn auch verstehen!
Hände, die es lernen,
wie man hilft und heilt,
Füße, die nicht zögern,
wenn die Hilfe eilt.
Herzen, die sich freuen,
wenn ein anderer lacht,
einen Mund, zu reden,
was ihn glücklich macht.
Dank für alle Gaben,
hilf uns wachsam sein!
Zeig uns, HERR,
wir haben nichts für uns allein.

Aus Neuseeland

Bildausschnitt: „Die milde Gabe" von Ferdinand Georg Waldmüller (1793-1865)

Alle Untugenden der Zeit sind Anzeichen eines **zerstörten** Familienlebens.

Es ist wahr, das eine unbeschreibliche Lasterhaftigkeit die Menschen **vergiftet,** so dass ihm die Grundlage entschwindet für die Aufnahme und Erkenntnis höherer und ernster Wahrheiten.

Es ist wahr, das eine nicht gesättigte Unzufriedenheit an den Herzen Tausender nagt, dass Religion und Wahrheit und gute Sitten zum Gespött, Treue und Rechtschaffenheit nicht mehr gelten.

Woher kommt das ganze Übel? Das Unbehagen geht durch die ganze Gesellschaft. Die Wurzel der Menschheit aber ist die Familie. Dahin weist also unser Elend, dahin **weisen alle Übel zurück.**

Krank ist das Familienleben, so krank, dass der gescheiteste Arzt an der Heilung **verzweifeln** könnte.

In einem zerrütteten Familienleben empfängt der Mensch **zuerst** jene bittere Unzufriedenheit, mit der er draußen am Leben sich beteiligt.

Aus glaubenslosen Familien gehen dann jene Verkündiger des Unglaubens in die Welt.
Deshalb haben wir wohl Ursache vor der Zukunft uns Sorgen zu machen.

Könnten wir dahin wirken, dass die Familie wieder das wird, was Gott will, was sie sein soll, dann hätten wir die Menschheit, die Gesellschaft gerettet.
Hier an der Wurzel müssen wir unsere Arbeit leisten.

Wir könnten tausende Leiden aus der Welt verbannen, Ströme von Tränen trocknen, unermesslich viel Glück stiften für die Gegenwart und Zukunft, wenn wir ein wahrhaftes gutes Familienleben schaffen würden.

Wäre unser Familienleben das, was es sein soll und sein muss, dann hätten wir auch wieder tüchtige Menschen mit denen wir etwas Tüchtiges ausrichten könnten.

Solange aber das Familienleben nichts taugt, ist alle Mühe für die Gesellschaft **verloren.**

Wenn das Familienleben die gute Aussaat von Predigt und Erziehung nicht in Schutz und Pflege nimmt, wird alle aufgewandte Mühe **umsonst** sein.

Niemand kann ohne lernen etwas erreichen.

Wenn wir geben, müssen wir **uns selber** geben.

Wir geben richtig, **wenn** wir an keine Belohnung denken.

Das Schlimmste in der Welt ist es, dass man jemanden **alleine** lässt.

Unser Leben wird zum Geben, wenn wir die lieben, die uns nicht mehr lieben.

Einen tiefen Sinn hat es, wenn wir das Leben **für einen anderen** leichter machen.

Die menschliche Sprache hat manchmal **keine** Worte die Gewichtigkeit wiederzugeben mit der sich manch einer darstellt und hervor tut.

Lieber Schweigen als so daherreden wie alle.

Es gibt aber auch Neunmalkluge von schweigsamer Sorte.

Gott will nur immer gnädig sein, wenn wir uns nach seinem Wort und Geist ausrichten wollen.

Miteinander verbunden bleiben, ist das Fundament, auf dem das Leben gelingen kann.

Gott wird sich immer zu uns neigen, **weil wir seinen Namen lieben.**

Wer niemals im Stillen geweint, hat manches **nicht** begriffen.

Die Gesetzlosigkeit nimmt Formen an, die Gott nicht alle Zeit dulden wird. **Wir können nur noch dafür beten,** dass die Menschen zur Besinnung kommen und sich wieder unter Gottes Ordnung stellen, wie es Gott von uns erwartet.

Die Antwort des Kindes auf die Liebe des Vaters ist **Gehorsam.**

Ich hörte wie die Ungläubigen sagten: „Ja, wenn wir dann einmal feststellen müssen, dass es doch einen Gott gibt, dann wird er uns doch auch gnädig sein, wenn es ein so liebender Gott ist, wie gesagt wird."

Das muss man sich einmal vorstellen, da wird Gott belächelt, verspottet und verhöhnt, ans Kreuz genagelt und dann soll er doch gnädig sein, wenn es ihn dann doch gibt. **Größer kann die Verhöhnung nicht sein.**

Wir wollten alles selber schaffen, aber es half eben **alles** nichts.

Es ist gut Freunde zu haben, denen man sich **anvertrauen** kann.

So wie Gott es will, wollen wir folgen.

Beten heißt **nicht,** dann wird mir in jedem Fall geholfen.

Menschen, Ärzte, können alles geben, was in ihrer Macht steht, **aber das letzte Wort ist bei Gott.**

Gott lässt uns nie allein, er hilft durch alle Not und jede Angst ist unbegründet, denn wenn wir fallen, **dann fallen wir in Gottes Hände.**

Wenn aber unser Vertrauen nicht bis zu Gott hindurchdringt, weil es so klein ist, dann können wir keine Hilfe erwarten.

Wir werden einmal schauen, was wir geglaubt haben.

Wenn wir nichts geglaubt haben, was wollen wir dann schauen? **Nichts!** Also werden wir auch Nichts bekommen.

Es ist nicht leicht, wenn man die Gegensätze von Reichtum in dieser Welt sieht. Dann kommt schon die Frage: „Warum ist das so? Warum hilft Gott nicht? Aber das alles hat der Mensch gemacht und dann stellt er noch solche Fragen! Gott tut das seine, **der Mensch hat auch eine Pflicht das seine zu tun!**

Es gibt viele Varianten des Fastens, aber nur die ist erfolgreich, die auch mit festem Willen **eingehalten** wird.

Viele, die meisten Menschen glauben dies nicht, **wissen,** dass unsere Lieben in der Ewigkeit auf uns warten. **Welch ein Trost im Leiden.**

Niemand wird gezwungen zu glauben, aber wer nicht glaubt, wird auch nichts empfangen! So einfach ist das.

Niemand wird gezwungen, jedem ist es freigestellt zu fasten.

Nie kann ein Mensch aus sich selbst heraus zur Erkenntnis des Göttlichen gelangen. Nur der Heilige Geist, der uns annimmt, kann uns die Tiefen Gottes offenbaren.

Kinder sind die Freude und der Stolz der Eltern, ein wahrer Gottessegen.

Nur erzogene Eltern können Kinder erziehen.

Erst wenn die Eltern selbst durch Gott erzogen sind, werden sie im Namen Gottes auch ihre Kinder zu erziehen imstande sein.

Am Verhalten der Eltern liegt durchweg die Schuld, wenn die Erziehung unglücklich ausfällt.

Eltern müssen wohlerzogene Kinder Gottes sein, bei denen der Gehorsam gegen Gott **offensichtlich** wird.

Eine aufrichtige und ungeheuchelte Frömmigkeit sowie eine gewisse Gottähnlichkeit muss aus den Eltern herausleuchten.

Glücklich, wem es gelang, den Grund der Dinge zu erkennen.

Publius Vergilius Maro, 70 – 19 v. Chr., römischer Epiker

Die Erziehung der Eltern ist für die Familie die höchste Pflicht um ihrer selbst willen und am allermeisten um der Kinder willen.

Die Eltern aber, die die Heiligen Gebote Gottes vergessen, haben ihrer Familie zuerst den Todesstoß versetzt und sind **schuldig** geworden an all dem geistigen Elend, das über ihre Kinder gekommen ist.

Was in frühester Jugend in der Erziehung versäumt wurde, wird selten oder nie im Leben wieder gut gemacht.

Das Kleinkind kann noch nichts wissen oder etwas denken, wie es die Erwachsenen können. Aber umso wacher ist das Herz, welches lebendig und geistig tätig ist. Echte von unechter Liebe kann ein Säugling schon sehr früh erkennen. Er kann sehr genau ein Lächeln bewerten, ob es gut oder nicht gut ist.

Es ist nicht gleichgültig in welches Auge, in welchen Seelenspiegel ein Kleinkind blickt.

Für das Kleinkind ist die Mutter die **wichtigste** Erzieherin.

Das mütterliche Herz ist ausschlaggebend für das **ganze** Leben, denn das Herz des Kindes lebt und liebt, wenn es eben zu schlagen angefangen hat.

Wahrhaftigkeit und Wahrheitsliebe ist **das Ziel** aller Erziehung.

Ist die Erziehung zur Wahrheit gelungen, ist ihr Hauptziel erreicht.

Wer einen rechten Menschen erziehen will, muss ihn von Kindesbeinen an in der rechten Ehre erziehen.

So wie die Religion das Herz des Familienlebens ist, so ist auch das Herz der Familienerziehung erstrangig.

Alle Erziehungsaufgaben in der Familie **müssen** sich an der Religion orientieren.

Keine Erziehung hat Bestand, wenn man sich nicht um Religion kümmert.

Wer ohne Gott bilden und erziehen will, bringt nur ein Zerrbild von Gottes Willen zustande.

Die religiöse Erziehung hat früh zu beginnen. Schon durch die Taufe wird das Kind zu Gott gebracht und er nimmt sich seiner an. Dabei ist es ganz unwichtig, dass das Kind noch nicht nachdenken kann über religiöse Wahrheiten. **Auf das religiöse Mitleben kommt es an.**

Es kommt nicht darauf an, dass das Kind seine religiösen Empfindungen auszusprechen versteht, denn auch des Erwachsenen Herz empfindet oft **mehr, als der Mund aussprechen kann.**

Ohne Religion müssen unsere Kinder kalt unseren Herrgott ansehen und werden zum Glauben **niemals** gelangen, wenn ihre Erziehung damit auf später verlegt werden soll. **Dann aber ist es zu spät.** Das Herz wird früh gebildet.

Wo die Gottesfurcht nicht das **erste und wichtigste** Erziehungsgesetz ist, gibt es im selbstverschuldeten Unglück kein wirkliches Heilmittel.

Der schlimmste Fehler der Menschen ist sein **Eigensinn.**

Eigensinn macht harte Köpfe und böse Herzen.

Trotzige Kinder sind niemals gehorsame Kinder.

Eigensinnige Kinder sind niemals gottesfürchtige Kinder.

Nur zwang und gewaltsames Anhalten zur Pflicht, kränkt das Herz des Kindes.

Gottesfurcht hält die Sünde fern, die uns von Gott trennt.

Das **rechte** Verständnis zu haben hilft uns auf unserem Weg ins Leben.

Wir wollen den geraden Weg der Wahrheit gehen und hören deshalb nur auf **gute Worte.** Ihnen können wir bedenkenlos folgen.

Niemand kann sich selbst unterweisen.

Es gibt nur zwei Wege, den der Wahrheit und den der Unwahrheit. Da gibt es kein Wenn und Aber, es gibt nur ein ja oder nein. **Ein dazwischen gibt es nicht.**

Entweder wir wollen ein Ziel erreichen oder wir verfehlen es, weil wir es **nicht** konsequent verfolgen.

Ein guter Schüler werden wir nur sein, wenn wir unsere ganze Kraft und Anstrengung daran setzen **und lernen.**

Ob wir geliebt werden oder nicht, werden wir in unserem **Herzen** verspüren, **nicht** in unserem Verstand.

Wir müssen uns immer das Beste aussuchen, wenn uns jemand etwas geben will. Es wird für uns ein großer Segen sein. Dazu müssten wir aber **das Beste erkennen.**

Wer ins Himmelreich kommen wird, ist eindeutig von Jesus gesagt:
„Niemand kommt zum Vater denn durch mich!"

Müßiggang führt **nicht** zu Erfolgen!

Gott vor den Menschen zu bekennen, **ist unsere Pflicht!**

Menschen haben wohl Macht über uns, aber die Liebe unseres Vaters im Himmel ist **größer** als die Bosheit der Menschen.

Gott entscheidet einmal darüber wer in sein Reich eingehen wird und **ihn** haben wir zu fürchten und keinen Menschen.

Wenn auch Millionen Menschen den bequemen und breiten Weg gehen und das Gleiche sagen: „Es ist kein Gott!", so bleibt es doch **die Unwahrheit.**

Die Wahrheit kann man nicht auslöschen, wenn man es gleich wollte. Gott war am Anfang und er wird auch am Ende da sein, **denn er ist die Wahrheit!**

Der Weg mit Gott ist ein schmaler Weg, **aber der erfolgreiche!**

Ein gut erzogener Mensch ist auch ein gebildeter Mensch!

Wer nur in der Anhäufung von Wissen und in der Schulung des Verstandes Bildung sehen will, verliert die wahre Bildung, nämlich **die Herzensbildung,** aus den Augen.

Niemals darf die Verstandesbildung auf Kosten der Herzensbildung vor sich gehen. Sie müssen gleichen Schritt miteinander halten.

Der Mensch ist ein Ebenbild Gottes. Deshalb muss die Erziehung des

Kindes mehr und mehr die Gottebenbildlichkeit herausbilden **und es Gott ähnlicher machen.**

Ein Mann, dessen Verstandeskräfte wohl entwickelt, aber seine Herzensbildung verkümmert ist, ist **kein** Ziel der Erziehung. Solche strahlen wenig Wärme und Innigkeit nach außen.

Eine standesgemäße Erziehung in der Familie muss von dem Gedanken beseelt sein, dass jeder Mensch ein **gewissenhafter und gottesfürchtiger Christ** wird. Das ist die Grundbedingung jeder Bildung.

Wenn die Kinder von früh an Dinge gelernt haben, die das Leben regeln und die Grundlagen allen gedeihlichen Fortkommens sind, nämlich Beten und Arbeiten, dann ist das Wesentlichste in der Erziehung und für die Versorgung der Kinder getan.

Dein Sehen
ist Lieben.
Und wie dein Blick
sich so fürsorglich
mir zuwendet,
daß er sich niemals
von mir kehre,
so auch deine Liebe.

Nikolaus von Cues

Der Mensch hat schon immer Befreiung vom Gegenwärtigen gesucht. Der Geist des Lebens aber in ihm hat immer nach Fortdauer gestrebt.

Vollkommenste Harmonie herrscht im geistlichen Leben, dessen Wesen Liebe ist.

Die großen Lehrer haben immer ihren Weg aufwärts gefunden in der Einsamkeit im Unendlichen, in der allein die Seele ihren Gott finden kann. So steigt ein Teil des Menschengeistes aus der Welt empor und fliegt himmelwärts. Aber dieser himmelwärts strebende Geist muss zur Erde zurückkehren und den menschlichen Geist durchströmen, wie Regen die Erde. Erst dann erfüllt er seine Bestimmung.

Wer kann wahrhaft um Frieden bitten? Nur die, die bereit sind, zu verzichten!
Und wer will das schon?

Die Menschen, die die Unsterblichkeit erkannt haben, suchen nicht das Ewige im Augenblick.

Wir leben in Gottes Welt und vergessen ihn selbst!

Wir haben in unserem Leben nur eine Aufgabe, **die Wahrheit** zu offenbaren, dass wir Kinder des Ewigen sind.

Alle **halben** Wahrheiten sind vom Übel. Sie versprechen etwas, was sie nicht halten und das bringt uns nur Schmerzen.

Der Glaube ist keine bloße Anerkennung der Wahrheit. Der Glaube ist das Erfassen aller **schöpferischen** Kräfte im menschlichen Leben.

Ein Verzicht auf Dinge, die keinen Wert haben, ist überhaupt kein Verzicht.

Es gibt Menschen, die nur darum ein Weiterleben nach dem Tode ersehnen, weil es ihnen um Fortdauer, nicht aber um Vollendung zu tun ist. Sie sind glücklich mit den Dingen, die sie angesammelt haben. Das alles verlassen zu müssen, bedeutet ihnen Tod und Schmerz.

Wir vergessen, dass der wahre Sinn des Lebens das stetige über sich selbst Hinauswachsen bedeutet.

Die Bildung in der Familie, in der Wohnstube, des jungen Menschen, ist auf jeden Fall wichtiger als die Erziehung und Bildung in der Schulstube.

Wenn die Familienerziehung versagt, so kann der Lehrer kaum befriedigende Arbeit leisten. Das Elternhaus muss für die Schule **Vorarbeit** leisten und Hand in Hand müssen

Elternhaus und Schule **zusammenarbeiten.**

In der Tat gibt es in der Schule eine große Wissensvermittlung für die Kinder. Die Vorgänge in der Welt sind heute besser bekannt und gelehrter als je zuvor. Aber bessere Menschen sind damit **nicht** erzogen worden, eher das Gegenteil.

Das Beispiel der Eltern gibt dem Kind in der ganzen Erziehung inneren Halt, innere Kraft und inneren Wert.

Die Eindrücke, die das Kind von frühester Jugend an von dem Leben und Tun der Eltern empfing, sind **unvergessen** in seinem ganzen Leben. Alles Reden, Predigen, Ermahnen und Strafen hilft nicht, wenn das Beispiel der Eltern das Gegenteil beweist. Es macht viel mehr die in die Irre geführten Kinder noch trotziger und noch hartnäckiger und führt sie schon beizeiten in verderbte **Heuchelei.**

Im **guten** Beispiel liegt der Schlüssel zur guten Erziehung.

Die gottesfürchtigen Gefühle der Eltern sollen die religiösen Gefühle der Kinder **wecken und stark machen.** Ihr Beispiel soll den Kindern einen Vorgeschmack geben, welcher in der Ausübung des rechten Glaubens zu finden ist.

Die rechte Gottesfurcht der Eltern soll die Kinder erziehen und ihnen die rechte Furcht Gottes einflößen.

Die Kinder haben oft die Ermahnungen der Eltern längst vergessen, während sie sich an das lebendige Beispiel von ihnen noch **gut** erinnern können.

Wenn wir an unsere Eltern denken, auch wenn sie schon lange im Himmel sein mögen, ist es unser Bestreben ihrem guten Beispiel durch nachahmende Taten zu ehren.

Das Gebet, das **vor** unserem Handeln stehen muss, verändert unser Handeln.

Im fröhlichen Geschrei und Singen der Kinder **höre ich** die Stimme der Schöpfung.

Wir alle sind Kinder des Unsterblichen!

Schmerzen lindern und ihre Ursachen beseitigen **gibt unserem Dasein die Würde.**

Der wahrhaft Fromme ist **demütig!**

Gott ist die Liebe, die ewig ruhende Liebe in unserer Seele!

Der große Wert unseres Lebens ist unsere **Unsterblichkeit!**

Wir suchen in unserem Leben dort Halt, was wir im bisherigen Leben an Erkenntnis gelernt haben.

Es ist gut, dass wir Lehrer hatten, die uns im **Voraus** den Weg gezeigt haben, den wir gehen sollen.

Wenn wir die Gedanken guter Lehrer angenommen haben, wird es **immer** eine Lösung für unsere Probleme geben.

Vielleicht erkennen wir, dass die Worte unserer Lehrer gar nicht so unsinnig waren, **wie wir oft annahmen.**

Wir werden unseren Weg finden, den man uns in guter Absicht gezeigt hat, wenn wir uns daran **erinnern,** dass unsere Lehrer Recht hatten, wo wir meinten es besser zu wissen.

Unser größter Lehrer ist Gott! Er gibt uns seine Gebote und sein Wort, wie es auch unsere Lehrer und unsere Eltern uns gegeben haben. Wenn wir uns also danach richten würden, dann kommen wir **nie** in eine Lage, die uns als unlösbar vorkommen wird.

Gott können wir nicht einfach so beschuldigen, weil er uns alles **zuvor** gesagt hat.

Wir können nicht zu Gott kommen und fragen: **„Warum hast du das zugelassen, was du uns vorher verboten hast?"**

Wenn es keinen Frieden unter den Menschen gibt, dann ist das Zusammenleben nicht sehr schön.

Zur Beseitigung des Unfriedens müssen wir mitarbeiten, **selbst wenn** wir daran unschuldig sind.

Der Klügere gibt nach! Das ist heute ein angeblich schlauer Satz, aber damit können wir das Gegenüber **nicht** erreichen. Wenn ich das nämlich sage, meine ich: „**Du bist doof und ich bin klug!**" Wie sollte damit Frieden hergestellt werden?

Nur so ist Frieden möglich, **wenn wir uns verzeihen und vertragen!**

An Jesus scheiden sich die Geister! Es kann keinen Frieden geben, wenn es bedeutet sich von Gott zu trennen. Das würde bedeuten, der Wahrheit absagen, **aber das geht nicht.**

Herz und Verstand müssen übereinstimmen, sonst ist jede Erkenntnis **nichts wert.**

Jesus sagte nicht: „Ich weiß die Wahrheit, sondern **ich bin** die Wahrheit!"

„Selbstvertrauen ist die erste Voraussetzung für große Vorhaben."
Samuel Johnson

Wo gibt es Besseres auf dieser Erde als das Wort Gottes, nämlich er sagt zu uns: **„Ich habe dich je und je geliebt, noch ehe der Welt Grund gelegt wurde!"**

Was könnte es Besseres auf dieser Welt geben, als das man zu uns sagt: **„Ich liebe dich!"** Etwas Schöneres gibt es nicht, das wissen wir schon, wenn uns ein Mensch solches sagt.

Heute machen sich die Menschen ihre **eigene** Religion. Sie denken sich selber etwas aus und betrachten es nun als Wahrheit, aber es ist nur ihre Wahrheit! Es gibt aber nicht **viele** Wahrheiten, vielleicht so viele, wie es Menschen gibt?

Das Kind sucht unwillkürlich sich **an dem Leben der Eltern** in der Welt zu orientieren.

Mit den Augen **der Eltern** schaut das Kind die Welt an!

Das Kind lernt **zuerst** mit dem Herzen und dann mit dem Verstand!

Das Herz vergisst **nicht so leicht**, was es früh im Leben gelernt hat, auch wenn der Verstand später das Erlernte in Frage stellen möchte.

Zwischen den Eltern und den Kindern muss **ein lebendiges** Verhältnis gegenseitiger Liebe bestehen.

Erziehung geschieht immer in der Gemeinschaft der Familienmitglieder. Erziehen ist ein **Geben und Nehmen.** Daraus ergibt sich Familienleben.

Erziehung ohne Autorität ist **nicht** gut!

Blinder Gehorsam ist **keine** gute Erziehung!

Die rechte Autorität erhält ihre Bedeutung durch **die Liebe!**

Wer Menschen gewinnen will, **muss sein Herz dafür geben!**

Das Band **der Liebe** muss die Menschenherzen zusammenfügen und zusammenhalten.

Wer sein Herz gibt, erhält **leicht** ein anderes dafür!

Die Anerkennung der Autorität ist **Gehorsam!** Gehorsam aber ist nichts anderes als die Antwort auf die erhaltene Liebe.

Eine **liebevolle** Zurechtweisung macht das gehorchen leichter als strenge Maßnahmen.

Das Kind hat ein wirklich gutes und feines **Empfindungsvermögen** für alles, was ihm Recht oder Unrecht antut.

Das liebevolle, freundlich zurechtweisende Wort, hilft oft **mehr** als Prügelstrafe.

Gerade ein Kind, das schon weiß, um was es bei Strafe geht, empfindet ungerechte und maßlos übertriebene Strafe als **schwerste Kränkung.**

Man sollte weder ein Kind noch einen Erwachsenen kränken. **Es tut immer weh!**

Wir müssen mit unserem warmen pulsierenden Herzen die kalt gewordenen Herzen anderer **wieder beleben!**

Wenn einer mit sorgender Liebe lehrt und erzieht, stehen ihm alle Herzen **offen!**

Wenn unsere Lebensweise endlos ist, wo ist dann ihr Ziel? Die Antwort ist: **„Bei Gott, denn er allein ist unendlich groß!"**

Das Bewusstwerden einer einzigen und großen Wahrheit in uns, erhebt uns aus unserem **kleinlichen** Denken in die Sphären des Ewigen.

Das Gefühl der Wahrheit in uns ist es, um dessentwillen wir Reichtum und Ehre und selbst unser Leben aufgeben.

Wir müssen schlicht und einfach werden **wie ein Kind!**

Es ist leicht sich nicht um Gott zu kümmern. Aber der Mensch hat sich immer darum gekümmert. Er hat versucht vergeblich sich eine eigene Vorstellung davon zu machen, aber umsonst hat er versucht davon

loszukommen, trotz seines Zweifels und Auflehnens.

Wir wollen **mehr** bekommen als andere und **weniger** bezahlen, als wir schuldig sind.

Auf der einen Seite haben wir die Wünsche des Augenblicks und auf der anderen Seite steht das Verlangen nach dem Ewigen.

Im Wachstum des Lebens hat jede Stufe ihre Vollendung. Sowohl die Blüte als auch die Frucht sind vollendet schön.

Gott offenbart sich dem, der in seinem Leben **die Wahrheit** gesucht hat.

Frieden ist unsere Vollendung!

Das Leben ist ein Strom von Harmonie, der Gegenwart und Zukunft **vereint.**

Es ist schwer sich ein Bild vom Ewigen zu machen, wir können es **nur leise ahnen.**

Großer Gott, bewahre uns vor Mutlosigkeit. Reich uns immer deine Hand!

Unser Leben bekommt einen Sinn, wenn wir auf Gott hören. Er weist nur auf unseren Nächsten hin, er lehrt uns was gut ist.

Großer Gott, lehre uns auf dein Wort zu hören!

Guter Gott, lehre uns, dass unsere Angst schwindet, wenn alles sinnlos erscheint.

Gottes Gebote sind es, wonach wir uns richten müssen, weil das die Richtlinien für unser Leben sind.

Man kommt leichter durchs Leben, wenn man auf Worte hört, die es gut mit uns meinen.

Wenn wir nicht auf gute Ratschläge hören wollen, werden wir es deutlich zu spüren bekommen, wovor man uns gewarnt hat.

Ob es jemand gut mit uns meint oder nicht, sollten wir schon merken.

Gottes Wort ist eindeutig und weist uns **in keine Sackgasse!**

Unsere eigenen Gedanken bringen uns **nicht** ins Himmelreich.

Es wäre besser zu hören als hernach zu fühlen.

Auf das Wort Gottes zu hören, bringt Segen schon hier auf dieser Erde.

Der Sonntag ist uns gegeben um darüber nachzudenken, ob wir noch auf rechter Bahn sind. Dazu braucht man eine stille Zeit der Einkehr.

Wer sich also am Sonntag mit dem Wort Gottes beschäftigt, wird feststellen, dass er einen Frieden empfängt, den er nicht bei seiner Arbeit im Beruf erlangen kann.

Frieden zu finden ist mehr wert als einen ganzen Sonntag zu arbeiten, um Geld zu verdienen.

Am Sonntag sollten wir nur Schätze sammeln, die weder Motten noch Rost zerfressen.

Alles ist möglich dem, der da glaubt Markus 9.23 Es ist der Glaube, der uns mit dem Himmel verbindet.

Du kannst niemals verloren gehen, wenn du nur glauben würdest.

Das hat alles Platz in eines Menschen Herz!

Ein bisschen was vom Glück und
ein bisschen was vom Leid.
Ein bisschen was vom Sonnenschein,
ein bisschen Regenzeit,
ein bisschen große Liebe und
ein kleiner Scherz.
das hat alles Platz in eines Menschen Herz.

Ein bisschen was vom Traum und
Ein bisschen Wirklichkeit,
ein bisschen was von Gestern,
ein bisschen was von Heut,
ein bisschen was vom Himmel und
ein bisschen Erdenschmerz,
das hat alles Platz in eines Menschen Herz.

Wo wir auch hinkommen, sollten wir Frieden wünschen und stiften.

Der wahre Reichtum ist das Gute in uns!

Eine Tat, die nicht gern getan wird, ist nicht gut.

Wenn wir uns gegebene Freundlichkeit nicht erwidern, nehmen wir eine große Last auf uns.

Vor Herzeleid und Schmerzen müssen wir bewahren, damit wir nicht umsonst leben.

Ein freundliches Lächeln muss dem Nächsten ein Lächeln ermutigen.

Wenig tun können, ermutigt nicht, aber gar nichts tun, ist traurig.

Wenn wir unsere Güte verschenken, haben wir gegeben ohne zu verlieren.

Freundlichkeit bedeutet, dass wir jemanden glücklich machen.

Erst wenn wir geben ohne dafür etwas zu erwarten, werden wir reinste Freude erleben.

Alles, was nicht gegeben wird, verliert seinen Wert.

Wenn wir Einsamkeit erfahren, aber Freundlichkeiten empfangen, merken wir, dass wir **nicht allein** sind.

Es ist wichtig, freundlich zueinander zu sein!

Es ist wichtig ein wenig freundlicher zu sein, als nötig.

Freundlichkeit braucht nicht viel, um bemerkt zu werden.

Freundliche Worte haben einen endlosen Widerhall.

Es gibt **nur einen** Weg, den wir im Leben gehen können, nämlich auf den zu hören, der Himmel und Erde geschaffen hat und das ist Gott der Allmächtige und sein Sohn Jesus Christus.

Wir sollten vorsichtig sein mit dem, was wir reden. Oft haben wir schon erfahren, dass so manches auf uns zurückkommt, was wir einmal gesagt haben.

Die größte Freude, die es gibt, ist, anderen zu dienen!

Der Sonnenschein in unserer Seele bringt alles zum Blühen, die Liebe, die Güte, die Treue, die Hoffnung, die Freude und noch viel mehr.

Das Schönste ist niemals weit weg! Unsere Augen müssen nur offen sein, um es zu sehen.

Wer in seinem Leben Freude gebracht hat, darf auch im Jenseits Freude erwarten.

Wen Stolz und Ehrsucht antreiben, der denkt nur an sich selbst und an den Lohn, der ihm zustünde.

Der Ehre geht die Erniedrigung voraus. Der Himmel wählt denjenigen aus, der ist wie ein Kind und der sich demütigt.

Wem es bewusst ist, wie dringend er Gottes Hilfe benötigt, **der wird darum beten.**

Es genügt nicht, dass wir über den Willen des Himmels unterrichtet werden, was wir brauchen ist eine **Herzensänderung,** die mit den Gesetzen des Himmels übereinstimmt.

Die Schlichtheit und vertraute Liebe eines kleinen Kindes sind jene

Eigenschaften, die der Himmel schätzt. Es sind Merkmale **wahrer** Größe.

Ein aufrichtiges und reumütiges Herz ist in Gottes Augen **kostbar.**

Niemand, der in irgendeiner Weise Jesus freundlich begegnet, sollte abgewiesen werden.

Engel sind immer dort, wo sie am meisten gebraucht werden.

Niemand, der an Christus glaubt, sollte gering geschätzt werden.

Du bist **nicht** dazu berufen, andere zu richten oder zu verdammen.

Seelische Wunden müssen besonders rücksichtsvoll und sehr sensibel behandelt werden.

An Übeltaten, die wir hätten verhindern können, sind wir genauso mitschuldig, als hätten wir sie selbst begangen.

Die Folgen unseres Handelns reichen in die Ewigkeit hinein, weil wir Bürger des Himmels sind.

Wir können uns nicht ständig sammeln, aber morgens und abends sollten wir es tun. Am Morgen fasse gute Entschlüsse und Abends prüfe deine Vorsätze, deinen Wandel.

Lies immer wieder in Büchern, die dein Herz aufschließen als in solchen, die deine Gedanken mehr zerstreuen als sammeln.

Durch Schweigen und Ruhe kommt die Seele voran!

Großer Gott, wenn du da bist, du machst das Herz still und schaffst großen Frieden.

Wer sich selber richtig kennt, wird vor sich selber klein und menschliches Lob ist nicht seine Freude.

Es ist leichter zu schweigen, als in keinem Wort zu fehlen.

Viele Worte machen eine hungrige Seele nicht satt, aber ein frommes Leben stärkt das Herz.

Hätten wir alle Bücher und Philosophen im Kopf, aber keine Liebe und Gottes Gnade im Herzen, was würde uns das alles helfen?

Die Bibel müssen wir mit demselben Geist lesen, in dem sie geschrieben ist.

Wenn wir das ewige Wort in unser Herz nehmen, können wir auf die vielerlei Meinungen gut verzichten.

Man wird uns einmal nicht fragen:
"was habt ihr gelesen, sondern was habt ihr gelernt und getan!"

Man wird uns einmal nicht fragen:
" Habt ihr schön gesprochen, sondern habt ihr vorbildlich und fromm gelebt?"

Unser Leben muss entsprechend unserer Erkenntnis ebenso **heilig** sein!

Demut ist wichtiger und ein sicherer Weg zu Gott, als tiefes Forschen und Nachsinnen.

Groß, wirklich groß ist doch nur der, **der große Liebe hat.**

Gelehrt und gebildet ist doch nur der, **der Gottes Willen tut.**

Folge immer dem Rat dessen, **der besser ist als du.**

Traue nicht jedem Wort oder Geist, sondern lege **alles** zur Prüfung vor Gott.

Lass dir nie die Zuversicht aus deinem Herzen rauben! Nur so wirst auch du im Geiste **noch wachsen.**

Um **keinen** Preis der Welt dürfen wir Böses tun.

Wenn Gott mir bis zum Lebensende **ein Geheimnis** ist, dann ist das ein **merkwürdiges** Verhältnis.

Gott ist mein himmlischer Vater und liebt mich als sein Kind. Zu ihm darf ich kommen, auch in der größten Not. Er hat mir immer geholfen, **wie kann mir das ein Geheimnis sein?**

Dreierlei ist für die Bildung nötig:
Begabung, Fleiß und Zeit.

Plato, 427 v. Chr. – 347 v. Chr., griechischer Philosoph

Wenn wir denken wie Gott, können wir ihm gleich sein, wie er es wollte als sein Ebenbild, dazu er uns erschaffen hat.

Gottes Gedanken sind auch meine Gedanken, seinen Willen tue ich gern!

An einer schönen Frau sollte man nicht vorübergehen, ohne ihr zu sagen, dass sie schön ist.

Obwohl ich vor Gott nichts vermag, liebt er mich als sein Kind.

Wir müssen uns entschieden dem Bösen versagen und eifrig dem Guten nachstreben.

Was dir an anderen nicht gefällt, **das meide!**

Der Weg Jesu, ist auch unser Weg.

Wenn wir Christus im Herzen haben, sind wir **reich!**

Es ist besser arm bei Gott, als reich ohne Gott!

Ohne Gott werden wir den Himmel **nicht** erreichen!

Wo Gott ist, da ist der Himmel!

Gott ist meine Hoffnung, mein treuester Freund an allen Tagen!

Wenn wir Gott im Herzen haben, wird uns nichts Großes von Menschen erfreuen und nichts Kleines traurig machen können.

Voll Zuversicht sind wir in Gottes Hand!

Wenn wir an uns oder anderen keine Besserung herbeiführen können, dann müssen wir es schuldig tragen, **bis Gott es ändert.**

Alles, was Gott zulässt und uns auferlegt, müssen wir **geduldig** tragen.

Lass dich nicht auf einen Streit ein, sondern sage die ganze Sache Gott, **dass sein Wille geschehe.**

Halte dich an Jesus und seine Treue fest. Er wird dir noch helfen, **wenn dich alle verlassen.**

Von allen deinen Freunden, soll Jesus dir der **liebste** Freund sein.

Wenn Jesus nicht bei dir ist, wird das Leben **schwer.**

Wenn wir mit Jesus leben, dann ist **alles gut,** und alles Schwere wird leicht für uns sein.

Wer Jesus findet, hat einen **Schatz** gefunden!

Wer Jesus verliert, hat **alles** verloren, mehr als die ganze Welt!

Wer ohne Jesus lebt, der ist ein armer Mensch und wer Jesus vertraut, ist reich!

Bist du nicht fähig große Dinge zu tun, dann tue **das Kleine**, aber tue es gern.

Tue, was du kannst und Gott wird dir beistehen!

Lass nicht jeden in dein Herz, sondern nur die, **die Gott lieben**!

Liebe muss man für alle im Herzen haben, aber Vertraulichkeit **mit jedem ist nicht gut.**

Ruhe und Frieden können wir haben, wenn wir uns nicht so sehr mit dem

Gerede anderer beschäftigen. **Vieles geht uns gar nichts an.**

Den Mut dürfen wir nicht verlieren, umso mehr dürfen wir zu Gott um Hilfe rufen.

Es braucht immer **Menschen,** die uns den Weg zeigen, den wir zu gehen haben.

Es braucht jeden Tag eine gute Erkenntnis, die wir uns angeeignet haben von guten Lehrern und von guten Eltern.

Wir müssen auf unser **Herz** hören, wenn wir die Sprache der Ewigkeit, des Himmels verstehen wollen.

Die Sprache des Himmels und des Herzens ist eine **leise** Sprache und wir müssen schon gut hinhören, wenn wir sie verstehen wollen und hören, was Gott uns zu sagen hat.

Ein Baby kann noch nicht sprechen, aber es versteht, wenn man mit ihm spricht, dass man es gut mit ihm meint, **es merkt, ob man es liebt!**

Ob wir geliebt werden, können wir nicht mit dem Verstand feststellen, sondern **nur mit dem Herzen!**

Wir verstehen manches nicht, wenn wir nur unseren Verstand gebrauchen, **aber viel,** wenn wir unser Herz fragen.

Heute sagen die Menschen, sie entscheiden sich aus dem Bauch heraus. Was ist das für ein Unsinn? **Sie sagen nicht, ich höre auf mein Herz.**

Gott wird mein Herz führen, weil er es gut mit mir meint, weil er mich je und je geliebt hat.

Ich kann mich auf Gott verlassen und nicht nur auf meinen Verstand. Aber mein Herz sagt mir, dass Gott mich liebt!

Millionen Menschen folgen Jesus, weil sie seinen Worten glauben, die in der Bibel niedergeschrieben sind.

Die Menschen haben **nichts** zu bringen. Sonst gäbe es eine **bessere** Lehre als das Evangelium.

Jemanden nicht zu folgen, der uns liebt, **ist der größte Fehler**, den ein Mensch in seinem Leben machen kann.

Unsere Herzen sind immer bereit Samen aufzunehmen, nur kommt es auf den Herzensboden an, ob auch eine Frucht reifen kann.

Ist unser Herz aber wie ein Felsen, hart wie ein Stein, was kann sich da entwickeln?

Haben wir ein Herz wie ein Dornengestrüpp, weil so viel darinnen ist, dass sich kein tiefer Gedanke entwickeln kann, dann muss jedes gute Wort vergehen.

Sind wir aber solche, bei dem der Samen auf ein gutes Herz trifft, dann werden wir Frucht bringen, nicht nur für uns, sondern hundertfach auch für andere.

Gute Gedanken bringen gute Taten hervor und bereiten uns den Weg ins Himmelreich.

Ein jeder kann sich also für seine freie Zeit, die ihm zur Verfügung steht, ein kleines Nebenamt schaffen, **um Gutes zu tun.**

Gottes Botschaft haben fast alle Menschen gehört, aber die meisten lehnen sie ab. **Dies ist mir völlig unbegreiflich.**

Wie Gottes Herrlichkeit aussieht, hat er uns schon gesagt, denn da wird sein: kein Schmerz, kein Leid und kein Geschrei! **Es wird einfach nur Frieden sein.**

Die Menschen ändern sich wie der Wind. Wer heute für dich ist, kann morgen gegen dich sein und umgekehrt. Setze lieber dein ganzes Vertrauen **auf Gott.**

Bewahre dir immer ein gutes Gewissen, so wird Gott **immer** zu dir stehen.

Der Demütige hat tiefen Frieden, denn Gott ist sein Grund auf dem er steht.

„Man sollte mit seinem Leben sparsam umgehen und es nur für Studien verwenden, die etwas nützen."
Sully Prudhomme

Ein guter und friedfertiger Mensch, handelt aus einem **reinen** Herzen.

Es ist **niemand** so klein und unbedeutend, dass nicht Gott in ihm sein kann!

Wahre Freude auf Erden finden wir nur mit einem **reinen** Herzen!

Wenn dir dein Herz keine Vorwürfe macht, können wir ruhig und in Freude leben.

Wenn es uns gut geht, ist es leicht Jesus zu lieben!

Unser Leben ist kurz, aber es hat den Keim der Ewigkeit!

Wer dankbar auch für das Geringste ist, der wird einmal Großes empfangen.

Herr, wenn du schweigst, können Worte, **noch so schön gesprochen,** unser Herz nicht mehr entzünden.

Ein Wort der Ermahnung von außen genügt nicht, wenn ich nicht inwendig **entzündet werde.**

Wenn ich vom Wort innerlich **entzündet werde**, dann wird meine Seele getröstet und mein ganzes Leben gebessert.

Die Liebe überwindet **alles** und entfaltet alle Kräfte der Seele.

Wenn himmlische Gnade und Liebe in uns wohnen, wird sich kein Neid, keine Verbitterung, keine Eigenliebe in unser Herz schleichen.

Die Liebe trägt Lasten, ohne dass sie ihr lästig werden.

Die Liebe allein macht alles Schwere leicht.

Die Liebe redet nicht von Unmöglichkeiten, weil sie weiß, nichts ist ihr unmöglich.

Die Liebe ist zu allem tüchtig, vollendet alles und bringt es zustande, wo der, der nicht liebt, ermüdet.

Nichts ist mächtiger als die Liebe!

Nichts ist besser im Himmel und auf Erden, als die Liebe!

Die Liebe kommt aus Gott und kann in **keinem von uns untätig sein.**

Die Liebe strebt immer **aufwärts!**

Die Liebe lässt sich nicht von den **niedrigen** Dingen der Erde aufhalten.

Die Liebe sucht niemals nur sich selbst!

Sobald einer sich selbst sucht, **hat er die Liebe verloren.**

Die Liebe sucht Gott und ist ihm ganz ergeben!

Ohne Schmerz kann man in der Liebe nicht leben!

Immer wieder sprechen Menschen über uns, auch Gott spricht über uns, aber sein Wort **ist das letzte Wort, das entscheidende!**

Unser Leben sollen wir nicht auf das Wort von Menschen aufbauen, sondern auf Gottes Wort, weil es gut ist. **Er hat uns die gute Nachricht als Fundament gegeben.**

Gott hat gute Nachrichten für uns!

Ungeduldig ist das, was Gottes Wort zerstören kann! Vertrauen wir ihm!

Die Schöpfung ist **durchs Wort** entstanden!

Die Seele wird **durch Worte** aufgebaut und auch zerstört.

Ob ein Buch gut oder schlecht ist, hängt **von den Worten** ab, die darin zu finden sind!

Achten wir auf die Worte in unserem Herzen, sie entscheiden, ob unser Leben gut oder schlecht verläuft.

Die Worte, die wir tief in unserem Inneren tragen, machen uns zu dem, wer wir sind.

Gott hat gute Worte für uns, wie: „du bist stark, dir ist vergeben, du bist heilig, du bist gerecht, du wirst gebraucht, du bist gesegnet, du bist

geliebt und Gott ist stolz auf dich."
Diese Worte wirken **positiv** in unserer Seele.

Wir werden freundlicher und geduldiger, wenn wir die guten Worte in uns einbauen und die schlechten Worte: „du wirst nicht gebraucht, nicht geliebt, du bist ganz allein, du bist schwach" auswechseln! Nur so werden wir ein anderer Mensch, **allein durch die Worte.**

Verändern wir **unsere Worte** und unsere Realität wird sich verändern!

Unsere Seele braucht Freundlichkeit und Mitgefühl. Wenn sie das nicht von uns bekommt, von wem denn sonst?

Wir müssen freundliche Worte sprechen, **wenn wir Freunde haben wollen.**

Worte können wir nicht zurückholen, seien wir **vorsichtig** mit unseren Worten. Die Seele ist zerbrechlich.

Sind wir freundlich sogar zu unfreundlichen Menschen!

Was wir mit unseren Augen sehen und wohin wir schauen, **wird unseren Lebensweg bestimmen.**

Wir können es nicht verhindern, dass ungute Nachrichten uns erreichen und wir sie zur Kenntnis nehmen müssen. Wir müssen aber nicht gutheißen, was wir an unguten Nachrichten hören und sehen **und schon gar nicht ebenso handeln.**

Es muss unser erklärter Wille sein, das Böse zu meiden.

Es ist ein großes Unglück, dass wir oft die richtige Zeit und den richtigen Ort verpassen, wo wir Gutes tun könnten!

Es gibt immer Gründe Hilfe abzulehnen oder anzunehmen. Das muss jeder für sich entscheiden, aber schon das Wort **„Hilfe"** sagt, dass man sich helfen lassen sollte.

Wir als Menschen werden nie vollkommen sein, aber das soll uns nicht davon abhalten Vollkommenheit **anzustreben.**

Auch wenn wir tausendmal Recht haben, müssen wir zueinander finden. Denken wir daran, der andere ist auch nur ein Mensch und hat seine Schwachheiten, die ihm sein Leben schwer machen. Er wird von Gott geliebt, so wie auch du und ich. Also sollte ich ihn auch lieben und seine Schwachheiten **in Liebe vergessen.**

Wenn ich versuche wie Gott zu denken, kann ich nichts falsch machen und ich bin auf **richtigem** Wege! Wie

Gott denkt, können wir in der Bibel nachlesen.

Wenn ich nicht hingehe und sage: **„dein Name werde geheiligt"**, wer sollte es dann tun?

Die Menschen merken nicht einmal, wenn es einer gut mit ihnen meint. Ihre eigene Meinung ist Gesetz, Argumente für und wider haben keine Chance, auch nicht Gottes Wort **und das ist schon bedenklich.**

Wenn du gefallen bist, stehe immer wieder auf! **Das wird dir Ruhm einbringen.**

Nur wenn du auch tust, was du glaubst, wirst du Ermutigung finden.

Als Einzelner kann ich nicht alles tun, aber ich kann **etwas** tun!

Erkenne dich selbst!

Thales von Milet, ca. 625 – 545 v. Chr.,
griechischer Philosoph und Mathematiker, einer der „Sieben Weisen"

Es ist nicht die Größe des Menschen entscheidend im Kampf, sondern die Größe des Kampfgeistes im Menschen!

Mut ist, dass man etwas anfängt, obwohl man weiß, man hat alle gegen sich. Es aber trotzdem anzufangen und es durchzustehen, egal was kommt, ist schon mutig.

Gib nicht auf, wenn sich auch alles gegen dich richtet. **Das ist genau der Zeitpunkt, wo sich dein Schicksal entscheidet.**

Wenn wir Dinge tun, die wir nicht glauben schaffen zu können, sind wir stark.

Allen, die sich mit Hingabe an unserem Leben beteiligt haben schulden wir Dankbarkeit und gute Wünsche.

Wir müssen den Mut haben, nach einem Fehler weiter zu machen!

Nach einem gemachten Fehler können wir immer wieder von vorne anfangen!

Gott zwingt die Menschen **nicht**, ihren Unglauben aufzugeben!

Heute werden die Menschen genauso irregeführt wie damals die Juden.

Geistliche Lehrer lesen die Bibel in dem Licht ihres eigenen Verständnisses. Sie sollten aber auf Gott hören!

Die Menschen lesen **nicht** in der Heiligen Schrift und beurteilen **nicht** selbst, was Wahrheit ist.

Wer die Bibel unter Gebet durchforscht, weil er die Wahrheit erfassen und ihr gehorchen möchte, wird von Gott die rechte Erkenntnis erlangen.

Die Menschen, die Jesus zuhörten, konnten nur noch sagen:
"Noch nie hat ein Mensch so geredet wie dieser!"
Joh. 7. 45-46

Die Welt hat viele Katastrophen gesehen und durchleben müssen, aber immer gab es Licht, das durch völlige Dunkelheit die Menschen berührte und erreichte **und ihnen Hoffnung gab.**

Sein Herz zu bewahren, wenn alle es schon verloren haben, **das nenne ich Glück.**

Schwierigkeiten sind ein unvermeidbarer Teil unseres Lebens. Wenn sie uns begegnen, dann sollten wir sagen:
"Ich werde stärker sein als ihr! Ihr könnt mich nicht besiegen!"

Schon vor uns haben Menschen das gleiche Schicksal erleiden müssen und sie haben es gemeistert. **Also müssen wir das auch können.**

Lassen wir unsere Sorgen im Herzen verborgen sein!

Stärke und Zuversicht sind immer da, weil sie in unserem Herzen sind und sonst nirgends!

Jesus hat den Menschen erklärt, wie das mit dem Himmelreich und der ewigen Herrlichkeit bei Gott zu verstehen ist. Er konnte davon erzählen, **weil er von dort gekommen war.**

Jesus war auf diese Erde gesandt, damit er allen Menschen das Evangelium erklären sollte. Es konnten ihn alle hören, **die es wollten.**

Jesus war in diese Welt gekommen, damit man an ihn sehen sollte, wer Gott ist.

Da, wo man aber nicht will, kann uns auch **niemand** etwas geben!

Wer aber aus dem Himmel gekommen ist, **nämlich auch wir**, ist in der Lage die Sprache des Himmels zu verstehen.

Kinder sind heilig! Ich war doch auch mal ein Kind! **Wo ist meine Heiligkeit geblieben?**

Die Kraft des Gedankens ist unsichtbar wie der Same, aus dem ein riesiger Baum wächst, er ist aber der Ursprung, für die sichtbaren Veränderungen in unserem Leben.

Es will gelernt und anerzogen sein, was Christus sagt: „**Ich tue allezeit den Willen meines Vaters!**"

Der Gehorsam ist ein köstlich Ding. Wo nicht für den Gehorsam gearbeitet wird, stellt er sich **nicht** ein!

Die Gedanken derer, die uns gelehrt haben, hinterlassen eine Spur, die von uns benutzt werden kann, oder auch nicht!

Niemand denkt darüber nach, wenn er Wasser sieht, das es vom Himmel gekommen ist. Es denkt keiner darüber nach, aber wahr ist es trotzdem und alles was vom Himmel kommt, **sollte uns zu Dank verpflichten.**

Der Gedanke des Alleinseins beinhaltet **„Verlassenheit"** und **„Einsamkeit".** Wenn einer verlassen ist, fühlt er immer auch einen Schmerz, aber er kann auch Freude im Alleinsein empfinden.

Das Schlimmste, was man jemanden antun kann, ist es, wenn man ihn allein lässt.

Alleinsein muss nicht einsam sein bedeuten.

Nur wer mit sich selbst nichts anzufangen weiß, ist einsam.

Wir brauchen Zeit zum Träumen, zum Erinnern, wir brauchen **viel** Zeit.

Im Lauschen der Stille verbringen wir unsere Zeit **sehr sinnvoll!** Öffnen wir unser Herz und hören wir der Stille zu!

Einsamkeit kann ein Bedürfnis sein, wenn wir damit etwas anzufangen wissen.

Stille ist wie ein Lied, das in uns klingt und mir wohl tut, wenn ich alleine bin.

Durch Stille finde ich mein Innerstes, die Quelle meines Daseins.

So wie wir uns mit unserem Innersten verbunden fühlen, fühlen wir uns auch mit anderen verbunden.

Wenn wir so still werden, dass wir die Worte in uns selber hören, dann können wir auch die Worte der anderen hören, ihre Gedanken, ihre Kümmernisse, ihre Sorgen.

Wenn keine innere Melodie mehr in uns erklingt, dann müssen wir lernen, unser Alleinsein durch eigene Blütenträume wieder mit Leben zu erfüllen.

Wir brauchen uns nicht zu fürchten, wenn wir nur ruhig dasitzen, nichts tun, einfach ein Weilchen dazusitzen und nachzudenken. **Das Alleinsein kann richtig schön sein.**

Lassen wir uns nicht von der Hast des Tages treiben. Wenn die Glocke läutet, **warum sollen wir rennen?**

Allein, ganz ruhig in einem Zimmer zu sitzen, kann Elend bedeuten. **Aber das ist es nicht!**

Der Anfang aller Kreativität ist die Stille!

Wenn ich ganz allein und guter Dinge bin, habe ich **die besten Ideen!**

Die Welt wird sich vor dir ausbreiten, auch wenn du allein in deinem Zimmer und an deinem Tisch sitzt. Du brauchst nur ganz einfach ruhig und stille sein.

Die Einsamkeit ist für uns so notwendig und wichtig, wie das Wasser für den Durstigen.

Möge es uns immer bewusst sein, wie notwendig wir die Stille brauchen!

Stille muss unser Charakter sein und werden. Sie führt uns zu den höchsten Gedanken!

Und einmal nur am Tage
ein Weilchen stille sein,
und einmal nur am Tage
mit deinem Gott allein,
das löst dir manche Frage,
das lindert manches Leid,
dies Weilchen nur am Tage
hilft dir zur Ewigkeit

Die Redseligen haben Worte, die schön sind. Aber die Worte der Stillen, sind **wunderschön!**

Wenn wir uns nach der Meinung der Welt richten, ist es leicht in ihr zu leben. **Aber wehe,** wenn wir eine andere Meinung haben.

Wir suchen immer Antworten, aber wir finden sie nur, **wenn** wir uns Zeit nehmen und der Stille lauschen.

Jeder von uns hat in seinem Leben viel Liebe erfahren, die er **verpflichtet** ist, zurückzuerstatten.

Hat einer viel Reichtum empfangen, soll er auch viel geben, das erwartet man mit Recht. Das macht erst diesen Menschen reich. Nicht wenn er alles für sich behält, dann nennt man ihn einen **Geizhals.**

Von unserer empfangenen Liebe abzugeben, kostet uns keinen Pfennig.

Den anderen zu verstehen, zu helfen und sei es nur mit seiner Anwesenheit, ohne viele Worte, das kann schon Heilung und Trost sein und kostet uns **keinen** Pfennig.

Wenn wir nur mit uns selber zu tun haben, kommen wir in **Einsamkeit** und dann beklagen wir uns wieder, dass dies nicht schön ist.

Unsere Eltern und Großeltern waren nicht so einsam, wie heute so manch einer allein gelassen wird. Man konnte einfach an der Haustür klingeln und sagen: „Ich wollte dich mal besuchen!" Da wurde man freundlich aufgenommen und willkommen geheißen. Heute traut man sich ohne Voranmeldung überhaupt nicht mehr zu klingeln. **Wir haben wirklich andere Zeiten!**

Wir bleiben unserem Nächsten **unsere Liebe schuldig,** beklagen aber die zwischenmenschlichen Beziehungen als bedauerlich!

Den anderen zu verstehen ist die **größte** Herausforderung unserer Zeit!

Gott will uns nahe sein, wenn wir uns am Ende fühlen. Fürchte dich nicht! Diese Worte stehen 365 Mal in der Bibel, also so viel Tage das Jahr zählt.

Würde man einem Sterbenden nun vorlesen die Worte großer Dichter und Denker, z.B. Goethe, es würde ihn **nicht** trösten, aber das Wort aus dem Evangelium gibt ihm **Trost und Ruhe und Frieden.**

Die Bibel ist ein Lesebuch für uns, eine gute Nachricht von unserem Vater, wir müssen nur darin lesen. Wenn wir aber im Besserwissen offenbar werden, sollten wir auch Besseres schaffen. **Wer könnte das aber von sich sagen?**

Wer aber der Wahrheit widerstrebt, liebt die Unwahrheit, **sprich Lüge.**

Dankbarkeit löst im Herzen Freude aus.

Die **„Warum"** Frage ist durchaus erlaubt, wenn unser Schmerz ganz groß ist. Jesus selbst stellte diese Frage am Kreuz, aber nur, **weil sein Schmerz so groß war.** Heute wissen wir, dass Gott ihn nie verlassen hatte. **Auch uns wird er nicht verlassen, wenn wir an ihn glauben.**

Bemerkenswert ist, dass Menschen in der Not Gott suchen. **Sie zweifeln an der Welt, nicht an Gott!**

Wenn es einen Gott gibt, was sagt er zum Leid in der Welt? **„Und weil**

Gottes Gebote missachtet werden, setzt sich das Böse überall durch!"

Wenn wir uns streiten, dann mangelt es uns nicht an Geld und an Gut, sondern **immer an Güte.**

Prediger kann ein jeder sein, durch seine kleine gute Tat!

Die Tat ist größer als das Wort!

Mach dir zuweilen eine große Freude, einem anderen eine kleine Freude zu bereiten.

Keiner, der an unsere Tür klopft soll abgewiesen werden.

Kleider machen Leute, aber das Herz den Menschen.

Wer weiß, wer er ist, der weiß, was er soll!

Wer Gutes erfahren will, der muss Gutes tun!

Wer Glück erleben will, der muss von dem ihm gegebenen Glück **abgeben!**

Wer Frieden haben will, der muss selbst friedlich sein!

Wer Liebe sucht, der muss auch Liebe geben!

Die Menschen lieben die Wahrheit nicht und haben auch kein Verlangen nach ihr!

In unserem Bemühen das Wort Gottes weiterzutragen wollen wir abgeben von der Liebe Gottes, die in uns hineingelegt wurde.

Das Beste wäre, wenn man von uns sagen würde: „Das ist eine Seele von Mensch!"

Wir müssen in unserem Leben dahin kommen, nicht mehr das Schlechteste von Menschen zu sehen, **sondern das Beste.**

Niemand ist so, wie er sein sollte! Geben wir uns Mühe!

Wir alle sehen Kinder mit unseren Augen an, aber niemand sieht sie so an, **wie ihre Eltern!**

Unsere Angst kommt oft daher, dass wir uns mit anderen vergleichen. Es wird immer Menschen geben, die besser sind als wir. Daraus sollten wir keinen Zwang und keine Angst ableiten.

Es ist eine Illusion, dass es allen anderen besser geht als uns!

Die Menschen wissen nicht, was Gesundheit für ein Segen ist, bis sie nicht mehr da ist.

Die Menschen wissen nicht, was eine Familie ist, bis sie nicht mehr da ist!

Die Menschen wissen nicht, was für ein Segen eine anständige Mahlzeit ist, bis wir keine mehr haben!

Die Menschen wissen nicht, was für ein Segen gute Freunde sind, bis sie nicht mehr da sind.

Die Menschen wissen nicht, was für ein Segen gutes Wetter ist, bis wir es nicht mehr haben!

Wenn wir uns mit anderen vergleichen, dann verlieren wir all die großartigen Dinge, die wir schon haben!

Gebe niemals auf, denn wir haben Gott, **der das letzte Wort hat!**

Wenn wir uns mit anderen vergleichen, dann nagt das an unserer Seele!

Wenn wir mit Wenig keinen Frieden haben, werden wir auch mit Viel nicht zufrieden sein!

Wir leben leider in einer nicht so schönen Zeit, so dass wir feinsinnig prüfen müssen, **wen wir glauben und mit wem wir umgehen.**

Das Erkennen der Stimme Gottes ist auch eine Frage der Liebe. Wenn unser Herz Gott liebt, dann kennen wir seine Stimme ganz genau. Wir vernehmen auch den **leisesten** Anruf.

Niemand wird ernten, was er nicht gesät hat!

Gesegnet bist du, denn Gottes Kind bist du!

Gesegnet bist du, denn Gott hört dir zu!

Alles, was von uns ausgeht, sollte gut sein, dann wird uns auch nur Gutes widerfahren.

Was immer auch vorgefallen sein mag, **wir müssen uns versöhnen,** sonst gibt es keine Ruhe in unserer Seele.

Gott predigt uns nicht, wie man einen Streit anfängt, sondern wie man ihn **beendet.**

Wir müssen zu allen Menschen freundlich sein. Ihnen beistehen, wenn sie Hilfe brauchen, denn alle sind von Gott gemacht, **auch die Ausländer!**

Niemand wird gezwungen zu glauben und im Himmel wird es nur Freiwillige geben.

Wir werden nicht verurteilt, weil wir uns im Irrtum befunden haben, sondern weil wir die vom Himmel gesandten

Gelegenheiten versäumt haben, **zu lernen,** was Wahrheit wirklich ist.

Der einzige Weg zu einer klaren Erkenntnis der Wahrheit ist ein **liebevolles** Herz.

Wer sein Recht haben will, beharrt auf den **Richterspruch.**

Stille vor Gott besteht nicht in einem Dahindösen, sondern die Stille vor Gott ist immer eine **erwartungsvolle** Stille.

Wir haben einen Auftrag für alle, und wäre es nur ein freundlicher Gedanke, ein Gruß, ein Gebet. Du predigst mehr durch das, **was du bist**, als durch das, was du sagst.

Wenn wir wie Gott denken, geht unsere Lebensbahn **vorwärts, aufwärts, himmelan!**

Den Weg zu gehen, den Jesus uns gelehrt hat, bringt **keine** Kümmernisse und aus seiner Lehre gehen wir immer mit **großer Kraft** vorwärts.

Wenn wir Gottes Kinder sein wollen, dann müssen wir schon das Denken von Gott annehmen.

Was haben wir davon, wenn wir glauben? Wir werden einmal **sehen,** was wir heute glauben!

Nicht die großen Taten, sondern die vielen guten Kleinigkeiten sind es, die uns nachgesagt werden.

Was und wie geben wir weiter an die, die nach uns sind? Das kann z.B. **Sanftmut** sein. Auch **Schlagfertigkeit** wäre eine nicht zu unterschätzende Tugend. Aber nicht den Schlagfertigen, sondern den Friedfertigen ist die Zusage gegeben, dass sie Gottes Kinder heißen werden.

Das Wesen der Religion besteht darin, Werke der Liebe zu tun, nach dem Wohl des Nächsten zu streben und in wahrer Güte zu handeln.

Völlige Liebe zu Gott und selbstlose Nächstenliebe sind die unerlässlichen Voraussetzungen für ein christliches Leben.

Die einzige Möglichkeit die Finsternis zu beseitigen ist, dass wir uns dem Licht zuwenden. Genauso kann der Irrtum nur durch die Wahrheit bezwungen werden.

Unser Nächster ist nicht nur der, der in derselben Kirche lebt und unseren Glauben teilt. Unser Nächster ist jeder, der unmittelbar unsere Hilfe benötigt, jede Seele, die verwundet und zerschlagen ist, jeder, den Gott geschaffen hat und sein Eigentum ist!

Viele Christen haben vergessen, dass sie Christus darstellen sollen!

Wer nicht durch Liebe und Hingabe für das Wohl des Nächsten wirkt, in der Familie, in der Nachbarschaft, in der Gemeinde oder wo immer wir sein mögen, **der ist kein Christ**, ganz gleich, welchen Glaubens er auch sei!

Viele, viele sind müde und in ihrem Lebenskampf enttäuscht worden, während ein **einziges** Wort der Aufmunterung sie gestärkt hätte.

Niemals sollen wir an einem leidenden Menschen vorübergehen, ohne zu versuchen, ihm Trost zu geben, mit dem wir von Gott getröstet werden.

Wenn die Kinder Gottes allen Menschen gegenüber Barmherzigkeit, Freundlichkeit und Liebe bekunden, bezeugen sie gleichzeitig das Wesen der Gesetze des Himmels.

Wenn unsere Seele kein Leben mehr hat, dann nützt uns auch unsere Gesundheit am Leib nichts mehr.

Wir können hier wohl gut und genüßlich leben, aber was nützt es uns, wenn unsere Seele dabei gestorben ist.

Versuchungen sind jeden Tag vorhanden, aber darüber zu wachen, ist unsere Aufgabe.

Ein jeder sei in seiner Meinung gewiss. Ich darf mir meine Meinung bilden, ich darf sie auch vertreten. Aber sie darf mich nicht von meinem Nächsten **trennen.**

Paulus hatte den Herrn gesehen! Und da soll es keine Auferstehung geben?

An unserem Schicksal haben wir einen großen Anteil. Gott wird niemanden vernichten und strafen, der an seinem

Wort festhält. **Das beste Beispiel ist Hiob.**

Streit ist immer etwas **Trennendes** und führt zum Unfrieden aller Beteiligten. Da, wo wir aber um Vergebung bitten, zur Reue fähig sind, werden wir den Frieden bekommen.

Erst wenn wir erkannt haben, dass es keinen Unfrieden unter uns geben darf, sind wir in der Lage Versöhnung herzustellen.

Selbst wenn wir im Recht sind, ist es uns **nicht erlaubt**, in Unfrieden zu leben.

Wenn dich einer lebend verlässt (Ehescheidung), dann braucht man keine Tränen weinen. Es ist mir **unbegreiflich**, wie man sich als einmal Liebende nach vielen Jahren trennen kann.

Gerade an der Ehescheidung wird die Hartherzigkeit der Menschen offenbar.

Wenn man wirklich von Herzen einen Menschen liebt, dann ist es für mich **nicht** vorstellbar, ihn zu verlassen.

Auch die Missachtung der Gebote Gottes ist auf die Hartherzigkeit der Menschen zurückzuführen. Die Menschen lieben Gott nicht, sonst würden sie seine Gebote achten. Wenn die Menschen Gottes Gebote nicht einhalten, verspotten sie damit Gott, aber er lässt sich nicht spotten.

Weichen wir **niemals** von unserer Liebe ab, die wir einmal zu einem Menschen hatten.

Nehmen wir es immer wahr, **dass die Liebe** alles ist, was zählt.

Religion ist Herzenssache! Heilig wird man, wenn man **Gehorsam** ist. So einfach kann man also heilig werden!

Versuchen wir Brücken zu bauen, lassen wir **keine** Trennungen zu und versöhnen uns mit dem Nächsten, denn sie gehören Gott und das sollte uns genügen.

Wir müssen uns sehr anstrengen, um ins Himmelreich zu kommen. Es genügt nicht nur von Gott zu erzählen, sondern es müssen auch Taten dahinterstehen.

Wir sollen Menschen sein von denen Gutes ausgeht, von denen Heilung ausgeht, Menschen, die auf alle zugehen, die verletzt sind und leiden.

Die Kirche ist eine Gruppe von Durstigen, die auf der Suche nach Wasser sind!

Seinen Nächsten zu lieben, ist das höchste Gebot! Das muss man auch an uns erkennen. Geben wir uns also Mühe! **Damit sammeln wir Schätze im Himmel.**

Jesus lebt! Einem Toten baut man keine Häuser, höchstens einen Grabstein! Was gibt es Größeres in unserem Leben, als dies zu erkennen!

Für einen Christen heißt es immer, du musst morgens beten, du musst abends beten, du musst in die Kirche gehen! **Sagen wir doch lieber: „Ich darf!"**

Wer unversöhnlich ist, wird **niemals** Frieden mit sich selber haben.

Das Wort Gottes können wir nicht nur stückweise halten, sondern ganz konsequent in unserem Leben mitführen.

Man fällt manchmal sogar auf, wenn man auf Gott hört, aber das darf uns nicht stören, um gehorsam zu sein.

Ich habe es erlebt, wo man gesagt hat: „Das muss man nicht so genau nehmen! Man muss das nicht so verbissen sehen."
Damit meint man, **nicht so ernst!**

Jesus ist uns Vorbild! Sein Wort ist mächtig! Auch in seinem Umgang mit groben und hitzigen Menschen wurde er nie unhöflich oder verletzend.

Schon die Natur zeigt uns, was wir durch Zartgefühl und Liebe erreichen können. Ein Gärtner bringt seine Blumen nicht zum Blühen durch grobe und gewalttätige Behandlung, sondern durch liebevolle Sorgfalt tut er alles, was der Pflanze zum Gedeihen verhilft.

Wenn wir am Sonntagmorgen in die Kirche gehen, sehen es alle. Das ist unser offenes Bekenntnis, ohne auch nur ein Wort gesprochen zu haben.

Jesus Christus ist in die Welt gekommen, um allen Menschen das Heil zu bringen. Die Menschen aber haben es nicht angenommen. Sie haben ihn ans Kreuz gebracht und getötet. **Die das getan haben, können wohl nicht die Beauftragten des Herrn sein.**

Es kann nichts Schöneres geben als den Weg zu kennen und zu gehen, der in den Himmel führt. Das Wort Gottes wird uns in den Himmel führen.

Unser Bemühen ein guter Mensch zu sein, darf **nicht gering** sein. Wir wollen uns auch nicht in Theorien vertiefen, um ein Engel zu werden, denn dies wird erst im Himmel so sein.

Gott hat uns mit Jesus Christus ein ewiges Zeichen des Lebens gegeben. Es gibt Heil auch in einer unheilen Welt.

Wenn Menschlichkeit ein Fremdwort geworden ist, dann brauchen wir uns über eine unheile Welt nicht mehr zu wundern.

Haste was, biste was! Da stimmt auch nichts mehr, der Glaube ist nur noch Mittel zum Zweck.

Gottesfurcht und Betrug, sind nicht miteinander zu vereinbaren.
Interessant, **dass alle es wissen, dass sie auf der ganzen Linie** gegen Gottes Weisungen und Gebote verstoßen.

Die Macht der Verführung wird dadurch banalisiert, indem es heißt:
 „Ist doch gar nicht so schlimm, das machen doch alle!"

Mit dieser Redewendung, mit Engelszungen vorgetragen, will man uns überzeugen, dass wir der Lüge Glauben schenken, das Böse sei das Gute.

Was aber ist schwer, **wenn wir sagen:** „Ich liebe Gott und ich liebe meine Mitmenschen, von ganzem Herzen, von ganzer Seele und mit meinem ganzen Verstand!"

Dort, wo die Liebe regiert, da streitet man sich nicht, da begegnet man sich hilfreich und gut, da ist Ruhe und Frieden, da trägt einer des anderen Last, da gibt es schon **ein Stück Himmel auf Erden!**

Wie sieht es unter den Menschen aus? Jeder will der Größte sein, jeder ist sich selbst der Nächste, ein Miteinander gibt es nicht, da ist Unfrieden und Zank! Aber Gott hat uns dieses **nicht** gelehrt, sondern das Gegenteil und dann fragen die Menschen, wenn alles schief geht: **"Wo ist Gott?" So aber dürfen wir nicht mit Gott umgehen.**

Es gibt Leute, die sagen: "Ich bin besser als Gott!" **Aber so ein Mensch möchte ich nicht sein.**

Obwohl die Menschen Jesu Werke kennen, leugnen sie seine göttliche Herkunft. Das Heil, welches er der Welt brachte, sehen sie nicht, weil sie keine Demut haben, Ehrfurcht vor Gott haben sie ebenfalls nicht.

Auch die schönsten und größten Dichterwerke haben nicht die Größe, die das Evangelium hat. Selbst Goethe, den ich am allermeisten schätze und ihn einen großen Menschen nenne, hat solche Geistesgaben uns nicht hinterlassen.

Jesu Taten sind bis heute übernatürlich, so dass er nicht nur ein Mensch gewesen ist. Ihm zu folgen ist der eigentliche Sinn unseres Lebens.

Jesus, der die Teufel austrieb, die ihn dabei noch als Gottes Sohn anerkannten, der Tote auferweckte und Tausende durch Worte der Weisheit überwältigte, konnte nicht die Herzen jener erreichen, die durch Vorurteil und Hass verblendet waren und das Licht des Lebens hartnäckig ablehnten.

Keiner ist berechtigt eines Anderen Denken zu beherrschen, für ihn zu entscheiden oder ihm seine Pflichten vorzuschreiben. **Behilflich dürfen wir aber sein.**

Das Streben nach mehr, weiter und besser fehlte auch damals nicht in der guten alten Zeit. Aber man freute sich, wenn es einem nicht nur selbst gut ging, sondern auch dem Nächsten.

In der guten alten Zeit brauchten die Menschen kein Fitnesstraining. Das Leben selbst war ihr Fitnesstraining, **weil sie fleißig arbeiteten.**

Ökonomisch gesehen haben wir eine sehr gute Entwicklung hinter uns. Dafür haben wir aber einen Mangel **an unserer Seele** festzustellen!

Seit Jahrtausenden gibt es die Verehrung und Anbetung Gottes. Seit Urväterzeiten wird seinem Name Ehre erwiesen. **Das ist der beste Gottesbeweis!**

Keine Reue ist echt, wenn sie nicht eine **völlige** Umkehr bewirkt.

Heiligkeit bedeutet völliges Aufgehen in Gott, die vollständige Übergabe des Herzens und des Lebens an den Willen Gottes.

Ein Christ sollte in seinem geschäftlichen Umgang der Welt zeigen, wie unser Herr Jesus handeln würde.

Bei jedem Geschäftsabschluss gilt es zu zeigen, dass Gott unser Lehrer ist.

Schlechte Nachrichten sind gute Nachrichten für die Medien. Deshalb trainieren sie uns, **damit wir uns Sorgen machen!**

Unser Leben wird durch unsere Sorgen vergiftet. Wir können uns nicht mehr an Heute freuen.

Das Heute ist ein Geschenk! Jesus sagt: „Hör auf, dir Sorgen zu machen!"

Erkennen wir also die Zeit, in der wir leben. Das Ende bestimmt allein Gott, unser Vater im Himmel. Es ist vollkommen unwichtig Zeit und Stunde zu wissen, **denn entscheidend ist, ob wir uns an Gottes Wort gehalten**

haben, damit wir einen Schatz im Himmel haben.

Versorgungsehen sind ein Gräuel, weil sie **herzlos** und ohne Liebe sind.

Gott verlangt **nicht viel** von uns, nur das wir auf sein Wort hören und ihm folgen.

Du sagst... Gott sagt...

"es ist unmöglich"	"alles ist möglich"	Lukas 18:27
"ich bin zu müde"	"ich gebe dir Ruhe"	Matthäus 11:28-30
"keiner liebt mich"	"ich liebe dich"	Johannes 3:16
"ich kann es nicht"	"Du kannst alles"	Philipper 4:13
"ich mache mir Sorgen"	"wirf sie auf mich"	1 Petrus 5:7

Click2Life.de

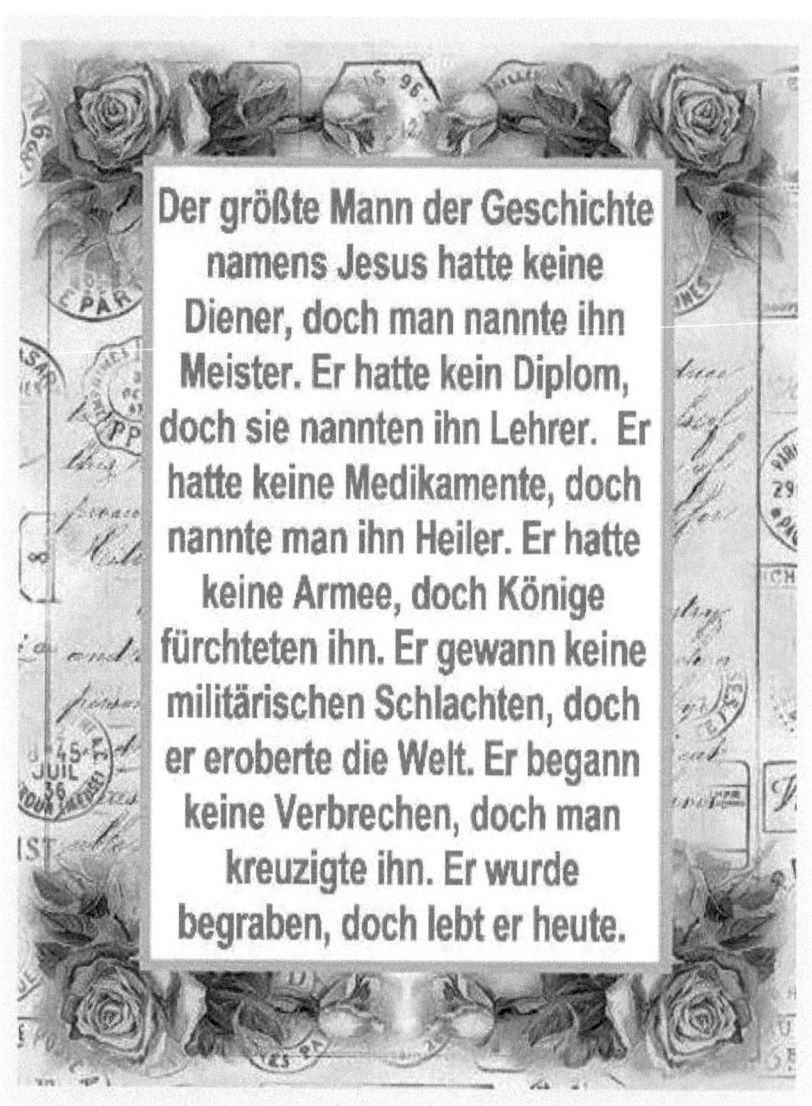